JN309472

大 衆 文 学

尾 崎 秀 樹

目次

1　大衆文学のおもしろさ

大衆文学にリクツはいらないという考え方がある。たとえどのように高邁な哲理が説かれていようと、その作品が総体としておもしろくなければ、読者は振りむきもしない。その意味ではたしかにリクツは三文にも価しないといっていいだろう。しかし大衆文学のそのような特殊な在り方について考えることまでが無用だというふうに問題をねじまげるのはまちがっている。

窪川鶴次郎は昭和二五年一〇月に発表した「大衆文学論おぼえがき」の中で、「大衆小説を読もうと思う欲求そのものが批評をうけつけない欲求なのだ」と書いたことがあった。ひまつぶし、気ばらしのために娯楽を求めて大衆文学に近づく読者が多いのは事実だろう。しかし同時に、娯楽以外のなにかを求めて大衆文学に接近してくる層がいることも無視できない。そして具合の悪いことに、娯楽を求める読者に批判的分子が多く、娯楽以外の人生論的要求を持つ読者が無批判階層だという事実が、問題をいっそう複雑にしてしまっているのだ。

窪川は同じ文章で、「大衆小説にとって文芸批評は成り立たぬ」と述べている。作品の形象性を具体的な対象にする文芸批評から、思想の浅薄、空想の粗雑、構想の無稽をいくら手きびしく指摘されようと、大衆文学を興味深く読むという満足そのものはなんら傷つけられないところから、大衆文学にたいする〝科学的批評〟はあっても、〝文芸批評〟は成り立たないというわけだ。

文芸批評を成り立たせるためには、大衆文学の方法的な把握が前提されなければならない。その問題をなおざりにする限り、大衆文学にたいする印象批評は一掃されないだろう。しかし実際にはその仕事は口にするほど容易ではない。「大衆小説にとって文芸批評は成り立たぬ」という窪川の言葉は彼によれば結論だが、私はむしろその言葉を出発点に据えて考えてみたい。

大衆文学にとって文芸批評は成り立たないか。文学におけるリアリテの問題だけが文学批評のすべてであるか。また批評を支える大衆文学論というものは虚妄にすぎないのか。それらの疑問は、大衆文学論を深く掘り進むおりに、くりかえし問われなければならない問題と結びついている。個性の文学として発展したロマンの古典的な概念を、そのまま大衆文学論に直輸入するのは、あまり意味をなさない。というより大衆文学を通して新しく文学の概念を再検討する必要性があるとさえ思われるのだ。

大衆文学を、「大量消費のための文学」と規定するのはたやすい。しかし日本の大衆文学は、その規定からはみ出す部分に多くの問題を残している。日本の大衆文学も、マスコミ社会が生んだ商品文学の一形態であることは基本的にゆるがせにできない事実だ。だがそれだけでは、どうしてマゲモノ小説として日本の大衆文学が成立したかという、特殊事情を解くことは難しいだろう。個性の産物である純文学とちがって、大衆文学は大衆によって創造される。作家は大衆のもろもろの要求に形をあたえるにすぎない。それだけに大衆文学には、それを与える大衆の表情が強くやきついている。

もしも大衆文学を「大量消費のための文学」と規定するだけで、すべてをいいつくすことができるなら、大衆文学論は文芸評論家や文学史家の手から、いさぎよく社会心理学者の手へ渡されるべきだ。私がそれをためらうのは、大衆文学を通して日本人の精神構造に触れるなにかをつかみたいからであり、文学を民族的思考の一表現として見なおしたいと願うからである。大衆文学では作家論より作品論が、作品論よりは作中人物論が、優先しなければならない。それは読者との結びつきが直接的で、作中人物が読者のイメージのなかで勝手に生きつづける性格をそなえているからだ。たとえ類型的で通俗の世界を一歩も抜け出せないものであっても、そこからは日本人の体臭が濃厚にただよってくる。猿飛佐助や机竜之助は日本の大衆が創造した人物なのだ。いびつなものではあっても、そこには大衆の願望が具象化されている。大衆の文学的願望は、長い年月を費して徐々に形成されたものだ。狭義の大衆文学は一九二〇年代に成立したが、大衆文学の鉱脈を掘り進むためには、どうしても、それに先行する大衆文化の諸領域に足を踏み入れなければならない。大衆文学の難しさは、一つの作品を支えている末広がりな土壌――日本人の精神構造をどう理解するかという問題の難しさにダブってくるわけである。

「大衆文学がユダヤ人あつかいにせられた期間は随分長かった。論壇は、いまようやく冬眠から醒めかけている。」

木村毅がこう書いたのは昭和八年のことだが、戦後のマスコミ状況は、大衆文学のもつ民族的な側面を正しく評価できないままに、「大量消費の文学」として有無をいわさぬ雪崩現象を一部に現わしている。大衆文学論を国民文学論の一環として推進する努力は、国民文学論が提起された政治的危機の時代にもましてさらに積極的に求められなければなるまい。

大衆文学はおもしろくなければ落第であるといわれている。おもしろさの問題を抜きにしては大衆文学を語ることはできない。

ところが、この「おもしろさ」というヤツが曲者なのだ。「おもしろさ」の内容（意味）をどうとらえるかによって、大衆文学の本質が規定されるといってもいいすぎではないだろう。「おもしろさ」の問題をエンターテインメントに限るのは誤りである。大衆文学における「おもしろさ」は娯楽性の問題に限らずいわゆる興味とか関心を満された場合にも現れる。文学におけるインタレストの問題を強調したパイオニア・ワークは桑原武夫の『文学入門』（岩波新書）であろう。彼はこの著書で、純文学と大衆文学とが乖離している現状をするどくとらえ、そのあとにつづく国民文学論の露はらいの役割を果した。このことは国民文学論について触れるところでくわしく述べたい。専門家のあいだでは一種の俗論あつかいを受けて、正当な評価を与えられなかった『文学入門』が、その後の入門書ブームのきっかけになったといわれるほどに一般から愛読された基礎には、当時の（そして現在も）読者が心ひそかに抱いていた文壇文学批判が横たわっていたにちがいない。桑原武夫は文学そのものを民衆的回路に据えなおすことを、一般読者を代弁して要求したといってもよかろう。

これまでにも大衆（通俗）文学のおもしろさに触れた評論がなかったわけではない。加藤武雄は通俗小説に不可欠な要件として「わかり易さ」と「おもしろさ」をあげ、しかもその内容は複雑で受け手によって異ってくるものだと述べたことがある。これは大衆文学が広く読まれるための必要条件だとはいえても、「おもしろさ」を解くカギにはならない。彼はさらに「面白い作品というのは読者が、実際生活において経験し度いと思うところを、想像の世界で経験させて呉れるような作品」、また「実生活における不満を、想像によって補足して呉れるような作品」だと説明している。この考えは「時代小説の効用」の章で述べる代償欲求の問題と見合う説だが、その問題に立ち入る前にもう少し、おもしろさという言葉の意味について考えてみたい。

一般の人びとは娯楽映画を観たり、スリラー小説を読んだ後で「ああ、おもしろかった」と嘆息まじりに語り合うことがある。また「良い映画だった」「つまらない小説だ」とも話し合う。このような場合にAにとって「おもしろかった」ことが、そっくりそのままBにもあてはまるとはかぎらない。それは小説（そしてそこに描かれている人生一般）にたいする関心が一様でなく、鑑賞の仕方に個人差があるせいだろう。階級、階層、地域（民族）、世代、経験の相違などが複雑にからみ合っていて、或る人にとってはおもしろいものであっても、別の人ではそうではなく、たとえおもしろいと感じたとしても、その感じ方は等質ではないことが多い。しかし読後感を打明けてみて、お互に共通した感動を確め合う場合も少なくないのだ。もっとも大衆文学が対象とする読者は、読者個人ではなく、マスコミが対象とする不特定多数の読者（大衆）であって、個人のおもしろさよりも、大衆が大衆文学に期待するおもしろさを心掛けるといったほうが当っていよう。

大衆は量的な存在から質的な存在へ転置されたとき、はじめて大衆として概念化される。民衆個個人の複数形は群衆ではあり得ても、大衆とはいえない。大衆の第一の与件はいうまでもなく量的な存在だが、その存在が同時に固有な質であるようなものとして、一般化された質的内容が、いわゆる大衆の持つ顔である。この古典的な大衆概念と現代のマス概念とのあいだには明らかなちがいがある。

石川弘義は大衆文化といい、大衆社会といっても、結局は大衆（マス）概念に立ちもどらなければならないと「大衆文化・大衆社会・大衆」（『大衆文学研究』誌Ｉ）の「序論」で述べていたが、大衆文学の場合も、当然のことながらその対象とする大衆にもどらないわけにはゆかない。しかしこれまでに大衆文学を論じた人びとは、いずれも「大衆」に明確な定義を下してはくれなかった。それは大衆文学論自体の立ちおくれ、未成熟さの結果でもあるが、それ以上に日本語としての「大衆」の持つ意味の曖昧さに基づくものであった。日本において大衆文学といった場合に、文学の頭に冠せられた「大衆」の二字は、政治的社会的な概念としての「大衆」でもなければ、戦後の大衆社会で話題になったマス概念でもなかった。くだいていえば、それは「庶民」の意味をややモダーンに表現した程度にすぎない。「庶民」という言葉も正確な意味規定をもたない表現だ。なんらの特権も、権力も与えられないでいる未組織集団のいいだが、同時に日本独得なムードで色あげされている言葉だ。「庶」には多いという意味のほかにアウト・サイダーの意識が塗りこめられている。このやや前近代的な言葉が、日本の大衆文学の対象とする大衆にはふくまれていたとみなしたい。それは日本の大衆文学がチャンバラ文学として定着したおりから内包させていた問題でもある。

アメリカなどで「マス・カルチュア」の定義を、そのままマスコミ文学に援用して、大衆文学を「大量消費のための商品文学」と規定するのは容易であろう。しかし日本の大衆文学を、マス状況の成熟につれて発展した「商業主義的な目的で大量に生産され、消費される文学」だというふうにはうまく整理できない。社会的な諸条件から見ればそうにちがいないが、思想的にはそういってしまったのではこまる部分が、いくつか残されてしまう。大衆文学が「大量消費の文学」として基本的に定義されるのは正しい。しかし日本の大衆文学がもつ特殊な性格は、ほとんどそう定義したあとに残される問題のなかに生きているのだ。

ただことわっておくが、日本の大衆文学は、マスコミによって大量消費がくりかえされる過程で、成立頭初の一九二〇年代に抱いていた新興文学としての自負を喪い、九・一八侵略いご一五年にわたる戦争の時期に、文学の自律性まで奪われ、戦後はマスコミ文学としての性格を、より深めようとしている。従ってマス状況が進化するにつれて、日本の大衆文学もマスコミ文学と名称を改めたほうがふさわしい時期が、近い将来に実現するかもしれないが、民族的な性格なり伝統的な思考様式は、むしろ「マスコミ文学」として規定されない部分に多く含まれていることも見落せない。(新聞小説として発展した家庭・現代小説――通俗文学の場合には、マゲ物に見られるほど日本的な性格は強烈ではない。)

それにやっかいなことに、大衆文学の読者(大衆)は、純文学読者と完全に切れているわけではなく、純文学もよめば大衆文学も愛読するといった両股をかけた読者がかなり存在するのである。直木三十五は「大衆文学の本質」(改造社版『日本文学講座』に収録)のなかで、大衆を「経済的大衆」と「精神的、文学的大衆」に分けて考えを述べていた。経済的大衆とは「貧民線の上下に浮動している国民中の大多数」だが、文学的大衆は「しかし簡単には考えられない」ものだという。元総理が捕物帖のファンだったり、革命党の書記長が浪曲に感激する反面、大衆のなかに意外な精神的パルナシアンがかくれていたりする。また一個人の興味の在り方も時と所によって変化し、朝のひとときまじめな顔をして『世界』や『中央公論』を読んでいた人が、夜になると『漫画読本』やミステリー小説に夢中でかじりついている姿なども、珍らしい現象ではない。直木が経済的大衆のほかに文学的大衆という認識を導入し、それまで単なる上・下の関係として論議されてきた純文学と大衆文学の受け手の関係を、機能的な面でとらえなおそうとした功績は評価されるべきだろう。しかし彼は文学的大衆の問題をそれ以上追究しようという努力を放棄して、やや飛躍した形で「大衆」をつぎのように定義づける。

「大衆とは、休憩と慰安とを欲し、ローマンチック精神を要求している所の心である。必ずしも、文学的に教養の低い階級を指してはいない。それは多数ではあるが、それで、全部の説明はできない。繰返すと、大衆とは人間生活の文学的方面における慰安と、娯楽を求めんとする精神である。」

この定義に従えば、大衆文学は「人間生活の文学的方面における慰安と、娯楽を求めんとする精神」のための文学形態だということになる。しかし直木が娯楽としての大衆文学だけを考えていたわけでないことは、その文章にややおくれて執筆した「大衆文芸作法」(文芸春秋社『新文芸思想講座』)で、「大衆文芸とは、表現を平易にし、興味を中心として、それのみにても価値あるものとし、または、それに包含せしむるに解説的なる、人生、人間生活上の問題をもってする物」と書いていることでも判る。「それのみにても価値あるもの」というのはやや曖昧だが、「解説的なる、人生、人間生活上の問題」をあげているあたりに、大衆文学の教訓的側面にたいする彼の関心の深さが伺い知れる。

大衆文学が表現の分り易さと、おもしろさを中心にした文芸であるという考えは、直木はもちろん先に引用した加藤武雄などにも見られた認識であった。加藤武雄は小説をはじめて読んだ人にとっても難解ではなく、またおもしろいと感じさせるおもしろさでなければならないとしている。おそらくこのような考えは、今日ではすでに常識化されたものであろう。菊池寛も新聞小説に触れた文章のなかで、「新聞小説の本質」としてこの二条件をあげ、一般の読者は「いくら大家の執筆した新聞小説でも下らない退屈なものは振り向きもしない。その代りに無名の青年作家の書いた物でも面白くさえあったら熱心に支持してくれる」と述べたことがある。ただ注意しておきたいことは、直木が大衆文学の教訓的側面に注目したのにくらべて、菊池は一般の読者はけっして新聞小説を読んで品性を陶冶しようとしたり、何らかの崇高な知識を得ようとはしない、と否定的な見解を語っていた。教訓的教養的側面に直木は肯定的で菊池はそうでなかったことは、彼らふたりの大衆文学にたいする認識の相違というより、菊池が問題を新聞小説に限って論じ、直木がより広く大衆文学の本質に立入ろうとしていたその姿勢のちがいからも来ているが、一般に通俗文学を手がける作家より、時代小説に精魂を傾ける人たちに教育的側面の重視があったことも事実である。

さきに、大衆文学にとって「おもしろさ」というものが曲者だと私は書いた。「おもしろかった」と感じたとき、一般の大衆はそれで充足してしまうことが多いからだ。なぜおもしろかったのか、どこがどうおもしろかったのか、その機能にまで踏み入って分析しようとはしない。それというのが大衆文学が一面では気晴らしとして要求され、そのものとして完結してしまう性格をはらんでいるからであろう。「良かった」「悪かった」となれば、そこに明確な価値判断がともなう。だが「おもしろかった」は、「良かった」のもう一歩前の段階での心理的反応のような気がする。「良かった」から「おもしろかった」という表現はあり得ないが、「おもしろかった」から「良かった」という場合はある。では読者はどういう場合におもしろいと感じるのか。

大衆文学に限らず小説が読者に何らかの感動を与えるためには、「身につまされ」或るいは、

「我をわすれ」させることがどうしても必要だ。社会心理学では「身につまされる」を共感（シンパシー）で、「我をわすれる」を同一視（アイデンティフィケーション）で現すようだが、小説という対象に共感し、その世界に自分ごと投入してしまうことになれば、読者の「おもしろさ」を求める心は満される。作中人物の行動に、みずからの経験をダブらせ、そこに共通の会話を成立させることが「身につまされる」であり、やがてその創造された虚構の世界にとけ込んで、自分をしばりつけていた生活の現実からみずからを解き放つよろこびが「我をわすれる」であろう。私たちは「手に汗を握る」や「三倍泣けます」という誇大広告の裏に、そのような感動の通路を見出すことができる。

そこで「おもしろさ」の問題を、読者が「身につまされ」「我をわすれる」のはどういう場合か——そのために必要な条件はなにか、というふうにいい改めてみよう。

昭和六年一月に大宅壮一は「チャンバラ文学とアワヤ文学について」と題したエッセイを発表し、もし数百万の資本を持つブルジョアだったら、まず第一に〝日本文学学校〟を創設し、必須科目に〝チャンバラ科〟と〝アワヤ科〟を開きたいと書いたことがある。〝チャンバラ科〟はいうまでもなく大衆文学の時代もの必修科で、〝アワヤ科〟とは家庭恋愛科のことらしい。大宅の説明によると、〝チャンバラ科〟では「人間の生命の、最も危険な瞬間々々をつくり出して、次から次へと読者の心を引っ張ってゆく」技術を学び、〝アワヤ科〟には「生命には多く別状はないが、その代り、あらゆる時代において最も弱い所の女性の、——その生命とも云われる貴重なものが、アワヤ何とかされるその瞬間を絶えず創り出す」研究を課したいという。いずれも生命およびそれに準じた貴重なものの危機的緊張に関係している。チャンバラ科のアイドルは剣のスーパーマンであり、アワヤ科では悲劇的な永遠の女主人公がスターである。もっともアワヤ科の目指す処女や貞操の危機は、戦後の日本社会ではあまりパッとしなくなった。しかし形をかえてよろめきやセックスの緊張は持続されている。やや図式的ないい方にすぎないが、アワヤ科で学び、また創り出されるヒロインの行動は「身につまされる」場合が多く、チャンバラ科のそれは「我をわすれる」感動を伴う。もっとも「身につまされ」「我をわすれる」ことが、ときに複合されるケースも少なくない。

大宅壮一の卓抜したアイデアは不幸にして具体化しなかったが、出版企業はこの方向で読者にアピールする「大量消費の文学」を量産したことも事実である。ついでに大宅の大衆文学論（＝時代小説観）を紹介しておこう。「徳川末期の一英雄を主人公として、彼氏にその時代の古い伝統の網や、支配者の番犬や、そんなものを片っ端から自由自在に斬りまくらせて、現在の制度の下に圧迫された無産階級に一抹の清涼剤と、逃避場所とを与える事に役立つ」ものだというのだ。昭和六年前後までは、時代小説の歴史的背景はほとんど幕末に限られていた。古い伝統のしがらみを自在に斬りまくることで、抑圧された大衆が求め得られる一服の清涼剤をチャンバラ小説に期待する考えは、現実の生活で得がたい欲求を想像の世界で満たすという、加藤武雄の説とも共通する。中谷博が剣による虚無と破壊の文学としたのもそのことを指す。柴田錬三郎が実作者の立場からおもしろさとは、「大衆というものが常に、何かを期待している――その期待に応える」ことだと書いたのもわすれられない。

チャンバラ科の研究生も、アワヤ科の実習生も、いずれも肝心な研究テーマである「おもしろさ」について宿題をさぼり、定義を下さないままで卒業したためか、お互いに経験という手さぐりでさぐり合うことが戦後の今日までつづいている。

大衆がなにを好むか、また求めているかは、読者の直接・間接の反響で、或る程度調べがつく。マーケット・リサーチが整備すれば、前もってその答の輪郭を予知することも可能だろう。視聴覚メディアの上では、すでにそれを連続ドラマに応用したものも出現し、梶山季之が担当したラジオ・ドラマ『愛の渦潮』では、あらかじめ聴視者代表を集めて好みの人物を設定、その要望に沿ったストーリーを選んだという。しかし大衆文学はいつまでも家内工業的な段階に足踏みしていて、読者の好みについての判断はほとんど作家のカンに負うところが多い。その結果一種の権威追従主義が出版界を支配し、読者の反応を売上げ部数で測ることになってしまう。売れるか売れないかは商品全体の問題であって作品の価値だけで決められる問題ではない。ベスト・セラーになった作品には、いずれもそれなりの要因を見出すことができるのだが、売れなかったものが大衆文学として落第かどうかを速断することは難しい。フランク・ルーサー・モットの言葉どおり「ベスト・セラーを生むのにたよりとなる法則はない」からだ。彼がベスト・セラーの条件としてあげているのは、デモクラシー（大衆の生活とその願望）、時事的なトピックスへの興味、ユーモアの要素、ファンタジー、セックス・アピール、エキゾチズムだが、これも靴をへだててかゆいところを掻く思いのする解答だ。

南博はチャンバラに惹かれる大衆の心理的な基礎として五つの問題を提示していた。彼があげたそれらの問題は、同時にチャンバラ小説が大衆受けするための必要条件のいくつかに合致する。大衆には好みの人物、テーマ、ストーリーといったものが当然存在している。その好みに合うか合わないかは、作品がうけるか否かの岐路だといっていいだろう。

主人公は超人的で、大衆が理想とするあらゆる美徳と能力を兼ねそなえ、しかも封建的な諸道徳の完全な実行者でなければならない。さらにその主人公は彼が生い育った社会にたいして或る種の抵抗をしめす必要がある。封建的モラルの体現者でありながら、社会秩序からはみ出した余計者が、大衆文学の理想像なのだ。そのためには剣のスーパーマンであることが第一だ。かならずしも才子佳人小説に見まがうほどの美男にておわす必要はないけれど、少なくとも、異性にしたわれ、大衆好みの色恋模様が展開されなくてはいけない。剣には強いが女にゃ弱いという主人公の性格がクローズ・アップされるのも大衆文学の特長だ。それに時代的背景として平和な時代より乱世が多く望まれる。それだけ未分化なままで読者の夢がゆさぶられるからであろう。復讐譚、流離譚、悲恋ものをはじめとする数多くのテーマが、大衆の前に現れる。読者はそのときはじめて、「身につまされ」「我をわすれて」その虚構の世界のとりことなってしまうのだ。

2　大衆文学の成立

日本において狭義の大衆文学が成立したのは関東大震災の一、二年あとにあたる。メディアの上でいえば、それは大衆雑誌『キング』の創刊を指し、書き手の自覚からみれば、大正一四年秋の二十一日会の結成にはじまるといえる。これは日本のマス・メディア成立の時期とほぼ見合っている。

私は成立に到るプロセスを三つに分けて考える。

まず第一に大正一三年六月の春陽堂『読物文芸叢書』の刊行の時期だ。第二は大正一四年一月に創刊された『キング』登場の前後を指し、さいごに二十一日会の結成と、そのグループによる同人雑誌『大衆文芸』（大正一五年一月発刊）の段階に到る。この過程は大衆文学が「読物文芸」から「大衆文芸」へ、さらに「大衆文学」へと呼称を改め、それにつれて主体的な条件を整備して行く形と平行している。

第一次大戦中、一時的な好景気を体験した日本の経済は、間もなく後退期に入り、深刻な不況に見舞われた。そして大正九年三月には戦後さいしょの恐慌がおこり、各種の企業で工場閉鎖、解雇、賃下げなどによる労働争議が頻発した。しかしマスコミ産業だけは不景気の声をよそに、ひとり繁栄の道を歩んだ。有力日刊紙は、活字鋳造機・高速度輪転機の設置、グラビア印刷の実施、通信技術の改善などによって、全国紙としての体勢を固め、一方では社会面の充実、夕刊・地方版の本格的発行、家庭・娯楽・スポーツ記事の重視など紙面の刷新を行なって、新しい読者層の要求に答えようと努めた。

大正一二年九月一日、関東地方をおそった激震は、一〇万余の人命を奪い、数十万戸の家屋を焼き、日本の経済に痛烈な打撃をあたえた。

災害を直接体験した作家菊池寛は、「災後雑感」のなかで書いている。

「我々文芸家に取って、第一の打撃は、文芸と云うことが、生死存亡の境に於いて、骨董書画などと同じように、無用の贅沢品であることを、マザマザと知ったことである。」

「芸術の無力」を知らされた菊池は、同時に、震災が結果において「一の社会革命」であり、既成の権威が失墜して実力本位の社会へ向いはじめる傾向をも敏感にキャッチしていた。しかしここでは震災を契機にして日本の文学がどうかわってゆくか、彼の予言を聞いておこう。

「今度の震災に依って、文芸が衰えることは、間違いないだろう。我々が、文芸に対する自信を失くしたのも、一の原因となるだろう。その上、文芸に対する需要が激減するだろう。震災後、書店は長く店を閉していた。印刷能力の減少も、その大なる原因だ。雑誌の減少も、その一つだ。

量における文芸の黄金時代は去ったと云ってもいいだろう。」

「量における文芸の黄金時代は去った」と彼は書いたが、実際にはどうであったか。「文芸に対する需要は激減する」どころかかえって急増した。彼の予言はここに引用した限りでは的中しているとはいえない。むしろ彼が滅亡の予感にふるえたのは、純文学（或るいは既成文学）の将来についてではなかったか。菊池はおなじ文章の別の箇所で「需要者側の要求する文芸」の存在について書き、「きっと、娯楽本位の通俗的な文芸が流行するだろう。読者は、深刻な現実を逃れんとして娯楽本位的な文芸に走るだろうと思う」と予見している。

彼の予測がどこまで当っていたかは、それ以後の歴史と照合するまでもあるまい。

マスコミ産業は余燼のなかから不死鳥のようによみがえった。自然の暴威も躍進期にある日本のマスコミを阻む力にはならず、むしろ「復興景気」とよばれるカラ景気の一翼を荷って、その状況を促進する役割を果したといえる。当時東京にあった日刊紙一七社のうち類焼をまぬがれたのは、東京日日新聞、報知新聞、都新聞の三紙だけだった。東日は緊急事態にのぞんで休刊しない方針をとり、それを実行した。『毎日新聞七十年』（昭和三七年二月・毎日新聞社）によると、東日は九月六日附で二ページ発行にこぎつけ、つづいて八日附で四ページ、一四日附で六ページ。一五日附で八ページと漸次機能を回復し、一八日附から夕刊を新たに加え、一月後の一〇月一日附からはまったく常態に戻って、計一二ページ建となったという。また罹災した東京朝日新聞社は、社外の印刷工場を利用して特報版や号外を発行するかたわら、大阪朝日を大増刷、これを東京朝日の代用紙として配布した。東京朝日が朝刊四ページの発行にたどりつくのは、九月一二日附からだ。しかし立上りの遅れを急速に取りもどして一八日附で地方版を、二五日附で夕刊を、それぞれ復活して東日の線へ迫った。朝日が震災前の紙面にもどるのは一二月一日、朝夕刊合わせて一二ページの新聞を発行するようになってからであった(『朝日新聞七十年小史』昭和二四年一月・朝日新聞社刊による)。

ここで注目しておかなくてはならないことは、東日が震災から三週間たたないうちに、新しく夕刊発行へ踏切っている事実である。夕刊専門紙はともかく、大毎・大朝が夕刊発行に乗り出すのは、大正四年一〇月、東京では万朝報を皮切りに、時事新報・国民新聞が夕刊を発行し、東京朝日も大正一〇年二月には、夕刊を出す運びになった。被災する前の状態にもどるのならともかく、混乱時に新しく夕刊を出すのはよくよくの成算があったからにちがいない(東日側は震災に無関係に、九月一六日附から夕刊を発行する予定でおり、実際にはその計画が二日おくれたにすぎなかった)。東日の夕刊発行は、ニュース記事に飢えていた当時の民衆に迎えられ、その結果発行部数が一年間で三七万三九九七部から七〇万九〇八一部へ倍増する好況をもたらした。夕刊発行とともに連載小説の形態にいくつかの変化が生まれ、朝刊連載の読物のうち、速記講談や人情噺に類する作品が夕刊へ廻り、夕刊がマゲモノを独占する傾向が強まったのもその変化の一つであろう。一回(一日)三枚の読切連載で、しかも挿絵入りという日本独特の新聞小説スタイルが定着しはじめるのも、この前後からである。

東日の部数が大震災後の一年間で倍近くふえたことはすでに述べたとおりだが、大阪毎日・大阪朝日両紙がいずれも待望の一〇〇万部を突破したのも震災の翌年一月のことであった。

菊池寛は「需要者側の要求する文芸」をみずから執筆しただけでなく、雑誌『文芸春秋』を創刊し、また春陽堂刊の『新小説』の編集顧問として芥川竜之介とともに名をつらねた。編集顧問とはいいながら、彼ら二人の立場は実質上の責任編集者だった。当時博文館系の雑誌に読物を執筆していた白井喬二や、都新聞の記者で講談社の月刊誌に作品を発表していた長谷川伸などに注目し、この作家たちに寄稿を依頼したのも、菊池・芥川の功績である。白井喬二は自作の年譜で「大正十二年九月、菊池寛より来書があり、文面の内容は菊池寛と、芥川竜之介の責任編集することになった春陽堂の雑誌『新小説』の新発足にあたって、一篇を寄稿するようにとの要請であった」と書き、長谷川伸は処女作当時を回想した文章のなかで「『(江戸)巾着切』は芥川竜之介氏に記憶され、『(大正)殺人鬼』は菊池寛氏に記憶され、殊に菊池氏は『新小説』に書く事を手紙と人とを以ってすすめてくれた」と述べている。菊池の使者に立ったのは作家(当時は文芸春秋社員)の鈴木氏亨だった。文壇の流行児菊池寛から原稿依頼をうけた彼らのよろこびは想像に難くない。長谷川は「作手伝五左衛門」を、白井は「宝永山の話」をそれぞれ執筆した。これらの作品は震災さえ起らなければ、大正一二年の九月号に掲載されていたはずである。しかし芥川・菊池が編集顧問になるという予告とともに、その実現は翌年一月まで延期されなければならなかった。

長谷川伸はこれを機会に、「夜もすがら検校」「地獄絵巻」「追ひ落しの妙吉」「皿」「解手の話」「巾着切」「異人屋の女」「白い幽霊」「碇屋足弟」「詐欺」「玄治店」などを同誌上に連続掲載、好評を得て、大正一四年春からは長篇の連載にとりかかった。また白井喬二も「宝永山の話」につづいて「湯女挿話」「鳳凰を探す」「遠雷門工事」などを発表している。

それまで長谷川伸などが『サンデー毎日』に執筆した作品は「新講談」と銘打たれていた。これは速記講談とは異なる「書き下しの講談風な読物」とでもいった表現なのだが、講談と附いていることでも明らかなように、普通の文芸作品より一段ひくい通俗読物のあつかいを受けていた。彼らに新しい作品発表の場を提供し、その作品にふさわしい「読物文芸」という名称をつけたのは菊池寛であった（当時春陽堂に勤務していた人の直話による）。

春陽堂は大正一三年六月、白井喬二や長谷川伸らの作品をそれぞれ短篇集にまとめ、これを『読物文芸叢書』（全一三巻）として出版した。

発刊の辞には新興文学としての意気込みがやや誇張して表現されている。

「『読物文芸』の時代来る。勃然として起り澎湃として来たる大濤は今や全文壇を呑まんとするの概あり――など鐘や太鼓の鳴物入りで、途方も無いことを云うつもりは毛頭ない。また近頃の創作はちっとも面白くないと云って講談はどうも、というのでその中間を行く『読物文芸』が勃興して来たのである――などと知ったふりの憎まれ口をきく所存もない。百の議論や千の文章よりも、現実の事実が凡てを証明する。諸君肩の凝らない面白い、而も上品な読物が読みたいと思われたなら、先ず嚢中の一円を投じて本叢書中の一を求め給え。……」

ここで必要なのは「近頃の創作はちっとも面白くないと云って講談はどうも、というのでその中間を行く『読物文芸』が勃興して来た」という一句である。マンネリズムに陥った既成文学にもあきたりず、かといって講談本へ向うわけにもゆかない読者に、新しい文学を与えようというわけだが、「読物文芸」(のちの大衆文学)が、その種の中間的な読物として想定されていたのは興味がある。大衆文学にたいするこのような理解は、それから二年後に菊池寛が書いた評論「大衆文芸と新聞小説」(『中央公論』大正一五年七月)のなかにも生かされている。菊池は大衆文学発生の原因を、創作が平板化し私小説的傾向が強まるにつれて、文学に慰安を求める読者が純粋な文芸から去ってゆくことと、昔ながらの講談が現代人の興味をひかなくなった現状との二点においている。「大衆文芸は、かびの生えた講談から来る退屈と、私小説流行の文壇から来る倦怠とを救ってくれる」という言葉一つとってみてもそれは明瞭だろう。

選ばれた少数者だけが創作のよろこびを享受するこれまでの文学の在り方を厳しく批判し、いわゆる「作家凡庸主義」を提唱した(大正九年)菊池にとって、「平凡なる万人に共通な空想」の世界を描く作家たちの出現は、意義あるものとして映ったにちがいない。

短篇集『宝永山の話』が『読物文芸叢書』の一冊として春陽堂から刊行されるころ、白井喬二は「新撰組」(『サンデー毎日』)、「富士に立つ影」(報知新聞)の執筆に打込んでいた。『サンデー毎日』に連載された「新撰組」は一年半近くつづいたが、週刊誌(当時はタブロイド版のB4判)の巻頭に連載小説が据えられたのはこの「新撰組」がはじまりだという。大正一一年四月に創刊された『サンデー毎日』、おなじく旬刊から週刊へ同日附で切替った『週刊朝日』は、新しいメディアとして、マスコミ読者の要求に応えてきたが、とくに『サンデー毎日』別冊の「小説と講談」号は、読物文芸の中心的発表機関の感があった。大正一五年七月から戦後までつづいた『サンデー毎日』大衆文芸賞はのちの千葉亀雄賞とともに、多くのすぐれた書き手を送り出している。第一回の角田喜久雄をはじめ、海音寺潮五郎、井上靖、村上元三、山岡荘八、或るいは伊藤桂一、杉本苑子と、第一線で活躍している作家で、この登竜門をくぐって現れた人は意外に多い。*（日刊紙・週刊誌は主として「新講談」の名称を使い、『新小説』などの月刊誌は「読物文芸」を用いた。同一の対象を別の名称で呼んでいたにすぎない。）

震災の翌年、つまり大正一三年は、大衆文学が、「新講談」或るいは「読物文芸」へと名を改めた段階だが、「大衆文芸」の呼称はすでに文壇の一部で使われはじめていた。木村毅の『大衆文学十六講』（橘書店刊）によると、大正一三年春の『講談雑誌』（博文館発行）の目次扉に「見よ、大衆文芸の偉観！」の広告文があるそうだから、これが（これまでに調査された範囲で）もっとも古い使用例ということになる。「読物文芸」の名称が支配的な時期はそれほど長くなかった。この名称は「大衆文芸」と呼ばれるようになってからもなお一部で使われていたが、『新小説』が『黒潮』と改題（昭和二年一月）されて以後は、しばらく宙に浮いた存在であった。菊池寛の胸中には「読物文芸」にふさわしい雑誌を続刊したいという夢が消えず、昭和三年新年号の『文芸春秋』に特別附録〈新読物〉と題した企画を織り込んだりしている。この試みにたいしては読者から賛否両論が寄せられた。そして菊池寛の夢は臨時増刊『オール読物号』を経て、さいごに月刊『オール読物』に定着することになった。

「読物文芸」の呼称は、徐々に首位を「大衆文芸」にゆずりはじめた。大正一三年末になると、両者の位置は完全に逆転してしまう。しかも、「大衆文芸」の名称は普及する前にすでにマスコミ内部で固定化する傾向さえみえた。白井喬二は長篇「金襴戦」執筆に際しての〈作者の言葉〉(大正一三年一二月)で、「われわれの書く物を一口に大衆文芸という風に一寸固定的に名称づけられようとして居るのは考え物で、もう少し未結晶のせめて半液体のままで居りたい」と述べている。彼は「富士に立つ影」を、「大衆興味の読物として書いた」と、それに前後して別に書いているが、「大衆文芸」の名称にこだわった白井喬二には、「読物文芸」のイメージが多少とも残影をとどめていたのか、それとも理想としての「大衆文学」の在り方があまりにも高くて、それを俗化させたくない願いからだったのか……、私には彼の立場は後者だったように受け取られる。

ここらで順序として「大衆」という言葉の起源と、それが「民衆」と同義につかわれだした時期などについて考えてみたい。

「私が『大衆』の二字を新造語としてこの世におくり出してから、最早やかれこれ二十年あまりになる。当時は、辞典にも無かったことばであった。このことは、言語学界の機関誌などには、流石に二三回、真相が紹介されたことがあるが、却って文壇方面には知られていないようである。もっとも、私自身からは、今まで口外しない事にしていたし、将来といえども、別に語るつもりではなかった。」

これは白井喬二が昭和二一年九月に赤坂書房から出版したエッセイ集『文学者の発言』の巻頭言からの引用だ。この述懐を額面どおり受け取れば、「大衆」を仏教語から転用した功労者は白井喬二で、時期は大正末から昭和初めということになる。その言葉を裏づける記録もないわけではない。大正一五年一月に雑誌『猟人』に発表した「大衆作寸言」をみると、「大衆という言葉は私は余程以前から使っている。……それはまだ民衆という字が一般に行われていた時分だ」とあるからだ。もっとも大正末から昭和初めというのは事実に合わない。「民衆という字が一般に行われていた時分」とは、曖昧でよくわからないがおそらく大正五、六年を指すのであろう。大山郁夫は「民衆文化の社会心理的考察」(『中央公論』大正九年七月・夏季特別号)のなかで、無産者大衆という表現を使っているが、白井喬二の提案がそれ以前だとすれば、これは劃期的なアイデアというべきである。一大衆作家の創意が、社会学や政治学上の用語に生かされ、継承されて今日に到っていることを、大衆文学は誇ってもいいだろう。もっともこの説の歴史的検証はまだ将来の課題として残されている。「大衆」の語を〈ピープル〉として使用したさいしょの人は誰か、大衆文学の歴史の上からいっても、このことは十分調査されなくてはならない。

ところで「大衆」と「文学(文芸)」を結婚させた媒酌人は誰であろうか。

白井喬二はそのことに無関係だったといくつかの場で発言している。

さきに引用した「大衆作寸言」の言葉につづけて、「しかし、私は未だ一度も『大衆文芸』などという字を自分から用いた事はない」といい、また「自分で大衆文芸という四文字の熟語を唱えた記憶は殆どなく」と断言しているのだ。もっともだからといって「大衆文芸」の生みの親としての白井喬二の功績は少しも傷つけられはしない。白井喬二を「大衆」や「大衆文芸」の名づけ親とみなす伝説は事実の正否を離れて存在する。伝説にはそれなりの民衆の願いが秘められているものなのだ。

ほんらい「大衆」の二字は、梵語の「僧迦」や「摩訶僧祇」にあたり、三人以上の僧侶があつまる場合を指していわれたものらしい。『保元物語』や『平家物語』にある「大衆（だいしゅ）」と同義である。『智度論』によると、仏を除くいっさいの賢聖とあって、この解釈をおしすすめてゆくと、衆生を意味する「民衆」と「大衆」ではむしろ対称語にならなくてはおかしい。中里介山や三田村鳶魚が、「大衆文学」の呼称に文句をつけ「大衆と書いて昔は『ダイシュ』と読む、それは坊主書生のことである。早くは『南都六方大衆』といい、今日でも禅宗などでは、僧堂坊主のことを大衆といっている。それに民衆とか、民庶とかいうような意味の無いことはわかっている。通俗小説というのが厭で、それを逃げる為に、歴史的意義のある『大衆』という言葉を知らずに使うほど、無学な人の手に成ったものである」などと毒づいているのは、理窟からいえば当然のことであった（鳶魚『大衆文芸評判記』汎文社）。だが、「大衆」が「僧侶」の意味からはなれて、ピープル或るいはポピュラーやマスの意味に使われたとしてもさしつかえあるまい。言葉はもともと生きているものだからだ。

菊池寛が娯楽を求める文芸の流行を予見したのは、震災の余熱がまださめきらないころのことだが、のちに大衆娯楽誌の王座を占める講談社の『キング』が誌名の登録をおえたのは、実はその震災の六日前であった。

講談社社長野間清治は、新雑誌の発行までに五年の歳月をついやしたと『私の半生』（昭和一一年

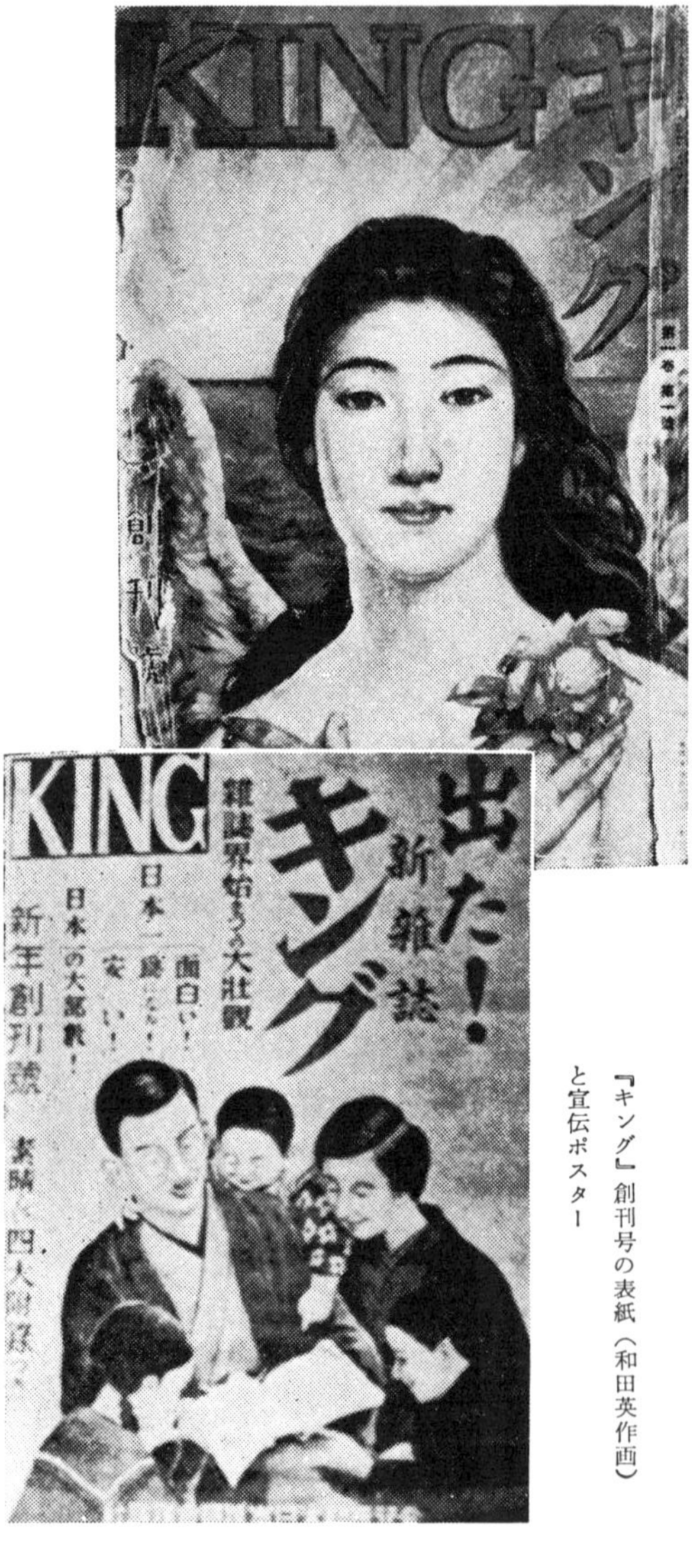

『キング』創刊号の表紙（和田英作画）と宣伝ポスター

七月・千倉書房）で述べている。そのモチーフはひどく単純明解なもので、彼の言葉を借りれば「日本で世界一の雑誌を出して、全世界をびっくりさせて」やりたい、というのであった。講談社はそれまでにも『講談倶楽部』『面白倶楽部』を発行し、大衆娯楽誌の分野でかなりな実績をあげていたが、それら既存の諸雑誌の特色をとり入れ、国民的なスケールで読まれる雑誌を計画したわけである。当時『主婦之友』の発行部数がおよそ二三、四万部、『婦女界』がそれに次いで二一、二万部、『婦人世界』一七、八万部、『講談倶楽部』一五、六万部といった状況で、その倍数をさらに上廻る五〇万という予定数を打ち出したときは、さすがにそれを暴挙とみる向もあったようだ。しかし蓋をあけると予想外の人気で追加注文に応じきれず、総計七四万部が、大正一三年の歳末の街頭に送り出されることとなった（返品率二分二厘）。その折の宣伝は空前といわれたほどに規模の大きなもので、前年秋から大々的なPR戦を開始した。新聞の一ページ広告で、或るいはビラ・ポスターを通して、「日本一ためになる！　日本一おもしろい！　日本一やすい！　世界的大雑誌キング」のキャッチ・フレーズは、日本全国に行きわたった。

『キング』の成功は新しい大衆社会状況と一体化したところにあった。身辺雑記風なものに傾いた文学にもあきたりず、そうかといって、昔ながらの講談も食い足りない読者は、その社会状況のなかでつくり出された新しい享受層だったのだ。「おもしろくて、ためになる」というモットーは、それ以後講談社文化のシンボルとなるが、しかし大衆文学の教訓的側面と、娯楽的側面を、これほど簡潔に表現した言葉はない。

小説を主とし、記事を従として配分する『キング』の編集方針は、アメリカの〃サタデー・イブニング・ポスト〃や〃レディース・ホーム・ジャーナル〃に学んだものらしいが、これは新しく橋頭堡を築こうとする大衆文学にとってひどく好都合な方向だった。創刊号の目次を見ると一二本の読物のうち、落語・講談・お伽噺を除く九篇が小説で、その中には村上浪六の「人間味」をはじめ、中村武羅夫「処女」、吉川英治「剣難女難」、下村悦夫「悲願千人斬」など話題になった長篇が含まれている。『キング』の部数は毎号増大し、大正一四年末には一〇〇万部をこえ、翌昭和二年新年号一二〇万、昭和三年一四〇万と文字どおり雑誌界の首位に立つに到った。

講談社は大正一五年正月に創刊された『幼年倶楽部』を新たに加えたことで、『雄弁』『講談倶楽部』『少年倶楽部』『面白倶楽部』『現代』『婦人倶楽部』『少女倶楽部』『キング』とともに、いわゆる九大雑誌を完成する。その黄金時代は『キング』の創刊によってはじまったのだ。

『キング』が創刊された大正一四年一月には、新聞小説史の上でも劃期的な出来事があった。それは中里介山の「大菩薩峠」が都新聞から大毎・東日の檜舞台に連載の場を移されたことだ。夕刊発行によって新聞小説のスタイルおよびそのあつかいが変ったことはすでに触れた。その顕著な例を、「大菩薩峠」の大毎・東日連載にみることができる。すでに都新聞社を退社していた介山は、「大菩薩峠」の第二〇巻〈禹門三級の巻〉を書きおえ（大正一〇年一〇月）、しばらく続稿の執筆をストップしていた。それがどういう経緯を経て大毎・東日紙上に連載されるようになったのかよくわからないが、高木健夫によると、当時東日主幹だった城戸元亮（のちの毎日会長）の推薦だという。

城戸は或る酒席で芸者衆か誰かから机竜之助についての噂を聞き、庶民層にひろくうけているこの小説の転載を決意した。俗に〈芸者新聞〉といわれていたころの都新聞から、未完の連載小説を一流紙が取るというのも異例だが、それを夕刊の第一面に掲載した毎日側も随分思い切った処置に出たものである。しかも挿絵に彫刻家の石井鶴三を起用した。それまでは社内の専属画家が挿絵を担当するのがしきたりだったが、これ以後は挿画を社外の有能な描き手に依頼するようになった。「大菩薩峠」とほとんど同時期に、講談の錦城斎典山が「秀康父子」を大毎に連載していた。しかしその作品をさいごに、大毎・東日紙上から講談ものが姿をけしてしまうのも、「大菩薩峠」の登場に対比して新旧交替の姿を如実に示すものだったといえる。

日刊紙の一〇〇万部突破、夕刊・地方版の発行、週刊誌や月刊娯楽雑誌の創刊など、マス・メディアが確立するにつれて、読者層が拡大し、その読者たちの文学的要求を満すものとして大衆文芸（文学）が脚光を浴びるようになった。大衆文芸には、講談から速記講談、さらに書き講談や新講談といわれた時代の庶民的な文芸の伝統が根づいている。それだけにより広い層と手を結ぼうとする文学は、大衆文芸いがいになかったのだ。

大衆文芸（文学）の興隆は、それまで受身で過ごしてきた大衆文学の書き手のあいだに、大衆文学創造の主体的な認識を深め、既成文壇へ向って、自己主張しようという気がまえをひきおこすことになった。それが第三段階としてあげた二十一日会の結成、および第一次『大衆文芸』の誕生である。

二十一日会は大正一四年秋、大衆作家の親睦機関として創設された。提唱者は白井喬二である。在京の作家数人のあいだでお互いに話し合う機会を持とうじゃないかという、ごく軽い意味でのグループが組織された。第一回の集まりが二十一日だったところから、それにちなんで二十一日会と命名し、毎月その日に花の茶屋などで会合が開かれた。機関誌の計画は二、三回会合を重ねるうちに急速に具体化した。在京の大衆作家のあいだに生まれたサロンが、同好の士をつのって、名古屋の国枝史郎、小酒井不木（光次）、宝塚の土師清二、大阪府守口の江戸川乱歩（彼は『大衆文芸』創刊と同時に東京へ移った）を勧誘するところまでふくれて行ったものと思われる。

雑誌発行のプランは短時日のうちに具体化

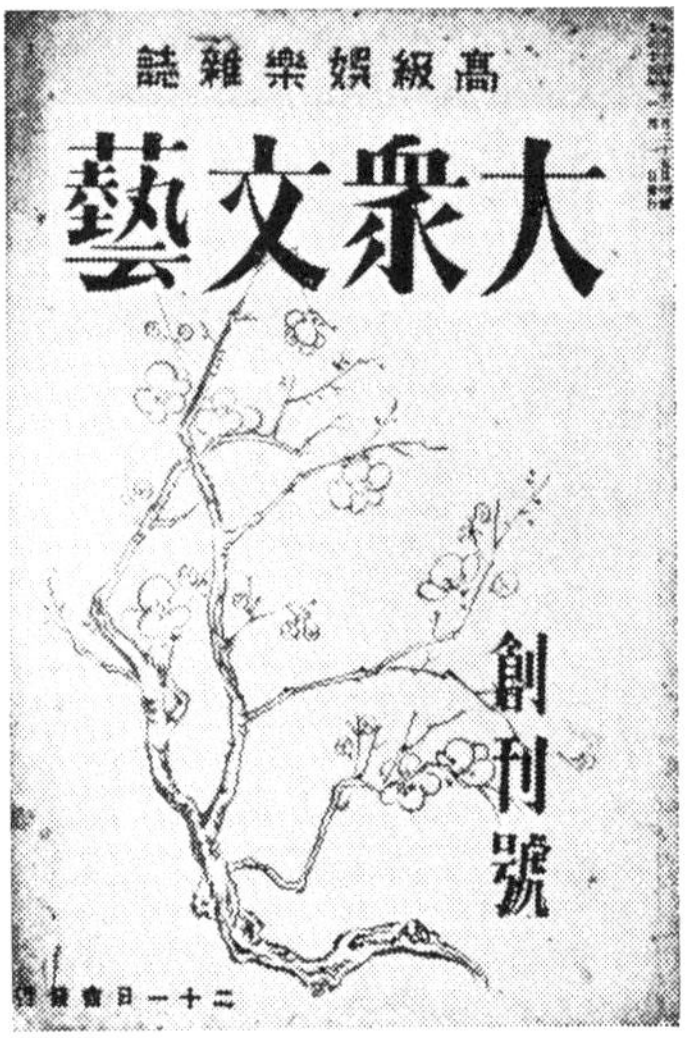

第一次『大衆文芸』
（大正15年創刊）

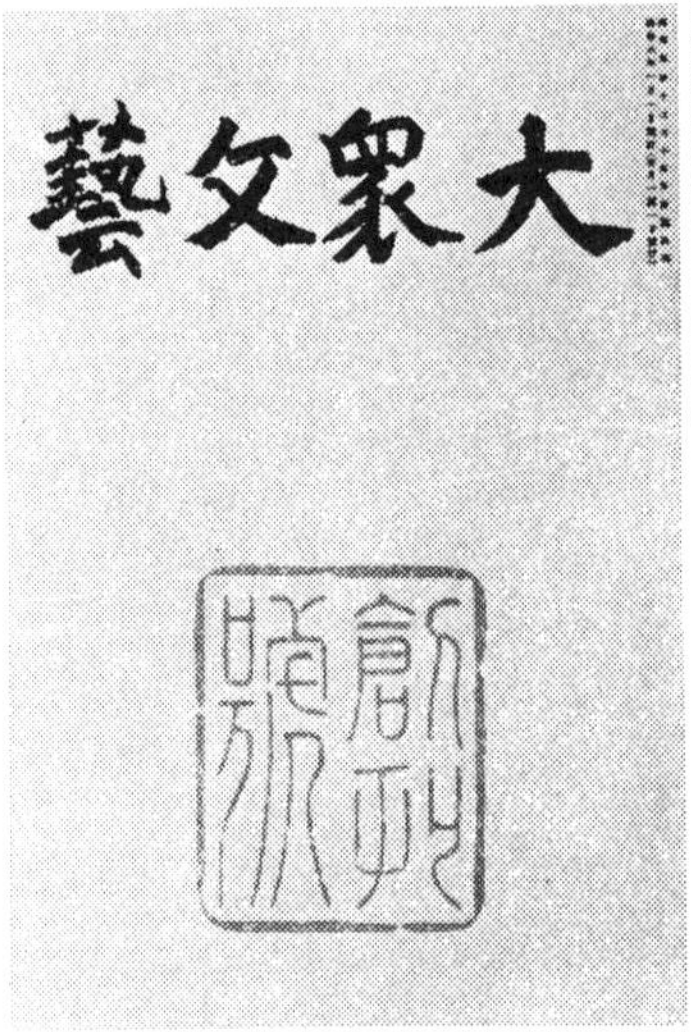

第二次『大衆文芸』
（昭和6年創刊）

し、大正一四年一〇月には、『大衆文芸』発刊の挨拶状（白井喬二執筆）をひろく配布することになった。

「我々同好者の懇親と研究の会合であった『二十一日会』及びそれと文信歓談の間柄であった人達との間に、計らずも機運が熟し、玆に月刊雑誌『大衆文芸』を創刊することとなりました。

『大衆文芸』は仮に執筆同人を設けますが、決して何等党派の意義は無く、大きく外に向って我々の信念を完成したいと思います。されば純理《ママ》芸術壇と相まって車の両輪の如く、我々の目睹する大衆文芸を達成せしめたいというのが真意であります。

『大衆文芸』を中心とする我々の仕事は、決して作品発表のみに止まらず、大衆に対する種々相の研究、批判、また折に臨んで同人合議の上、いろいろの実施行動を執る事もあろうと信じますが、それ等は常に純真の批判であり、また純正の行動であり度いと思います。

『大衆文芸』は現在の我々の全幅を傾くる処の自由機関でありますが、それと同時に、また将来に向って或る完成をも期する一種の道程であります。されば我々の此仕事が或点まで達し、我々

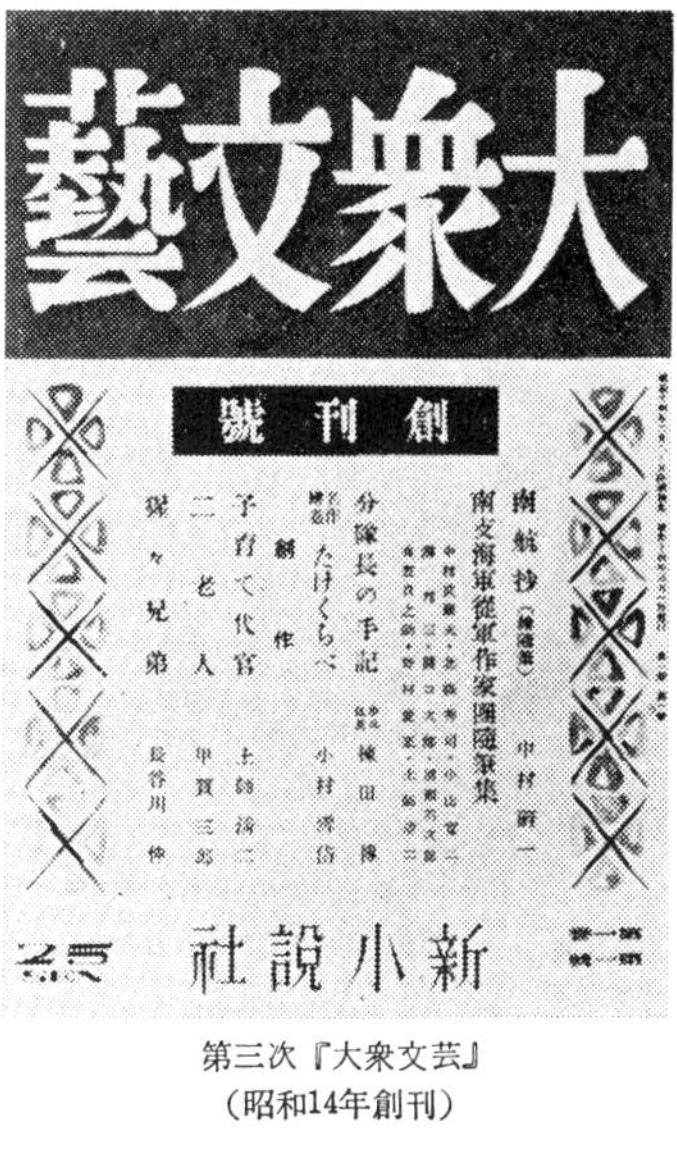

第三次『大衆文芸』
（昭和14年創刊）

に代って立つべきより以上の大衆文芸が出現し、形勢づけられた時には、我々はより以上と思う物に我々の仕事を譲るにやぶさかではありません。……（以下略）」

この声明に連署した作家は、本山荻舟（当時報知新聞勤務）、長谷川伸（都新聞出身）、国枝史郎（大毎出身）、平山芦江（当時都新聞勤務）、江戸川乱歩、小酒井不木、正木不如丘、矢田挿雲（当時報知新聞勤務）、土師清二（大朝出身）、白井喬二、直木三十三（のちに三十五と称す）の一一名、ほかに事務担当の池内祥三が名をつらねている。計一二名のうち半数がジャーナリズム出身者であったことは当時の大衆文学の一面を語っていて興味がある。

この宣言にもあるように「大きく外に向って我々の信念を完成したい」というのが、『大衆文芸』創刊の趣旨であった。大震災以前に誰がこのような日の到来を予測したであろうか。大衆作家の「独立宣言」は、当然のことながら、マスコミの話題となった。二十一日会の理論的中核である白井喬二は、東日に談話を発表して、「われわれの思っている大衆文芸というものは、従来のつまり純文学愛好者以外の要求する文学が存在するべきであるというところに基礎を置いたものなので、結局純文芸的作品が一種の元素を圧搾して作った錠剤であるならば、大衆文芸はそれを溶解して飲み易くした水薬といったところに目的がある」（一月二八日付）と説明した。白井のいう「純文学愛好者以外の要求する文学」とは、別の角度からいえば、菊池寛が震災の余燼のなかで洩らした「作家本位の観察」をはなれて「需要者側の要求する文学」へといったあの言葉に重なる。白井の当時の発言をもう少しきいてみよう。

「すべての芸術は人生への革命であるが、大衆作は人生への革命の前に芸術への革命でなければならぬ。

一読者の心持を計るという事を、世の芸術家は卑しむけれど、そしてそれは大衆作のみの持つ哀れむべき特徴のように思っているが、世に読者の心持を計らぬ文芸などというものがあり得ようか。

「計るでも、迎合でも、阿諛でも、何でもいい、そういう特殊の境地、読者に対する熱烈な融和性、そういうものを勇敢に劃《ママ》大し完成し、その底に何物か得ようとするのが、或いは与えようとするのが大衆作の使命である。

「文芸愛好家ならざる読者、何の文芸的素養のない人間、そういう人の考えること感ずることが人間の考えで無いと誰がいい得ようぞ。それを愛する本質的の博大性を持っている人のみが択ばれたる大衆作家だ。」

最後の一句は、「少数の天才や才人だけが、創作の権利を壟断した文芸の貴族政治は過去のことだ。天才がその非凡な空想を、縦横に描き出すと同時に、凡人がその平凡な、しかしながら平凡なる万人に共通な空想を、コツコツと描くことを許される時代なのだ」といった有名な菊池寛の言葉と共通している。これらの事実から判断すると、家庭小説で菊池寛が果そうとした試みを、白井喬二たちは時代小説の世界で実験しようとしたといってもいいのではないだろうか。

『大衆文芸』の創刊号（大正一五年一月）は二万六〇〇〇部刷り、返本が一割三分ほどであった。

発売元は間もなく報知の編集顧問をしていた野村胡堂や本山・矢田の骨折りで、報知新聞出版部に移った。しかし収支がつぐなわないためと、同人たちがマスコミの売れっ子になって無料のサービス原稿を書く余裕を持てなくなったなどの理由から、昭和二年七月に一九号を刊行しただけで廃刊になった。だが大衆作家の自覚を昂め、大衆文学にたいする一般の認識を深める上で、この雑誌が果した役割は大きかった。「この雑誌は大衆文芸の宣伝には非常に役立った。充分使命を果したのである」と江戸川乱歩は書いているが、マスコミが大衆文芸（文学）にひろく門戸を開放しだすのも、この運動の結果であろう。大正一五年七月に『中央公論』が行なった「大衆文学研究・大衆文芸論」特集は、その端的な現れであった。二万六〇〇〇部ではじまった『大衆文芸』の部数は一時三万七〇〇〇部まで増大し、やがてしだいと減少してさいごには一万六〇〇〇部前後に低下した。大正一五年四月ごろの売行を示すデーターを一つあげておこう。丸ビル内の富山房売店で月平均、『文芸春秋』が三〇〇部、『主婦之友』が二〇〇部売れたのにたいして『大衆文芸』はざっと一五〇部を売りさばいたという（『大衆文芸』大正一四年六月号による）。これだけで全体を測るのは無理だが、『大衆文芸』の人気の一端を語る資料とはいえるだろう。

二十一日会には特別な規約などはなかったようだ。ただ同人は毎月五〇枚の作品を無料で寄稿する申合せになっていた。しかし会員がマスコミの寵児になるにつれてこの約束はほとんど反故同様になってしまった。戦後の今日でも、同人誌で一万部を突破する例は珍らしい。赤字だというだけで廃刊するのはモッタイない話だが発売元の意向などもいろいろと働いたにちがいない。また大衆文学にたいするマスコミの関心が昂まり、有卦に入った書き手たちが、サービス原稿までこなしきれなかったことは推測できる。江戸川乱歩の『探偵小説三十年』(岩谷書店版)によると、その間の推移をつぎのように述べている。

「多少の赤字ぐらいは、同人が熱意さえ持てば、押し切れたかも知れないが、無料原稿の奉仕がそうそういつまでも続くものではない。同人たちのあいだにも、一応の目的を達したのだから、この辺で打切りたいという気分が動いていたのも、廃刊の一つの理由であったと思う。」

大衆文学の活況は作家の仕事ぶりを一瞥するだけで明らかとなる。

大仏次郎は大阪朝日に「照る日くもる日」、つづいて大毎・東日に「赤穂浪士」、『週刊朝日』に「鞍馬天狗余燼」、『講談倶楽部』には「地雷火組」を連載していた。白井喬二は、大長篇「富士に立つ影」を書きつぐ傍ら、『婦人公論』に「金襴戦」、『主婦之友』に「明暗の峠」を連載し、新たに時事新報夕刊に「源平盛衰記」を書きはじめた。吉川英治は、大毎夕刊に「鳴門秘帖」を好評連載し、『キング』には「剣難女難」につづいて「萬花地獄」を、報知新聞には「江戸三国志」を発表した。野村胡堂「奇談クラブ」(報知)、土師清二「砂絵呪縛」(大朝)、林不忘「新版大岡政談」(大毎)、平山芦江「西南戦争」(『週刊朝日』)、「唐人船」(『大衆文芸』)、前田曙山「落花の舞」(東朝)、三上於菟吉「敵対日月双紙」(『週刊朝日』)「鴛鴦呪文」(『婦女界』)、村松梢風「正伝清水次郎長」(『騒人』)、矢田挿雲「太閤記」(報知)、行友李風「修羅八荒」(大朝)、或るいは介山の「大菩薩峠」(大毎・東日)など、代表的な作品が、ほとんど大正一四、五年から昭和二年にかけて書かれている。

雑誌『大衆文芸』のメンバーは、いずれも実作者であり、理論家はいなかった。直木三十五が、ややたよりない論陣をはった程度で、その会の理論的中核であった白井喬二も、実作に打ちこみ、「十年批評するなかれ」をモットーにして、「不言実行主義」を実践しようとした。そのためにせっかく築いた権利請求の拠点『大衆文芸』は、みずからの城を構築する前に、マスコミの怒濤のなかにのみこまれてゆく。

日本の大衆文学は震災後四年のあいだに、「新講談」から「読物文芸」、さらに「大衆文芸」と移り変ってきた。名称の変遷はそのまま大衆文学の成熟を表わす。大衆作家ははじめて陽の光を浴びると同時に、新興文学としての自覚を改めて心に刻みつけたのだ。一年七カ月つづいた同人誌『大衆文芸』はそのための有利な地がための役割を果した。そして彼らはつぎの強烈な一大キャンペーンへ踏み出してゆく。平凡社版『大衆文学全集』の企画立案がそのワン・ステップであった。

菊池寛が「量における文芸の黄金時代は去った」と書いて数年たたないうちに、日本の出版界は空前の円本時代に突入した。『大衆文学全集』もそのブームのなかで企画された。昭和二年五月、白井喬二の初期の代表的長篇「新撰組」を皮切りに、一〇〇〇ページ一円と謳われた全集の配本がはじまった。そのとき細心な読者は、「大衆文芸」が「大衆文学」と呼称をかえている事実を目ざとく見抜いたことだろう。「文芸」から「文学」へ、と名前を改めた事実のうちには、作品創造にたいする大衆作家の自信が明らかに読みとられた。

日本の大衆文学は「大衆文芸」から「大衆文学」へ、最後のコースを行き着いて、はじめてゆるぎない体勢を固めることができたのだ。

＊『サンデー毎日』の大衆文芸賞当選者は昭和九年二月（五号で休刊）に『新興大衆文芸』を創刊した。

3　時代小説の効用

『現代大衆文学全集』は三六巻の計画ではじまり、間もなく四巻を追加、好評に答えて第二期二〇巻を続刊した。四六判一〇〇〇ページ一円の超廉価本で、改造社の『現代日本文学全集』、春陽堂の『明治大正文学全集』（当時の広告によると文学と全集のあいだに〈大〉が特別に挿入されている）、新潮社の『世界文学全集』などとともに、円本ブームをつくった全集の一つである。刊行元の平凡社社長下中弥三郎は第一回配本『新撰組』の巻末で、「一般大衆の精神的糧として万人向の本をできるだけ廉く供給して大衆文化の普及に微力を致したいと考えてこの全集の刊行を企てました」と述べている。下中が前々から大衆向きの出版物に彼なりの夢を思い描いていたことは、大正三年に処女出版した現代用語辞典『や、此は便利だ』一つとってみてもわかる。しかし内幕をさらせば、これは経済界の不況をダンピングで乗りきろうとあせる出版社の窮余の策であった。破産寸前にあった平凡社も、この大衆文学全集が当って息を吹きかえし、一流出版社にランクされるようになった。

さいしょの企画立案者は下中弥三郎と彼を補佐した編集者橋本憲三である。橋本は書いている。

「こんどは下中さんが『大衆文芸全集』はどうだろうという話をもち出した。私はこれに賛成し、名称は文芸とするより文学としたほうがよくはないかと進言した。……たぶんこの語（大衆文学の語）は下中さんと私の合作であり、げんみつにいえば私の作であるということになろう。そこで、下中さんは私に企画と編集をまかせたが、その進行中に重役会議で正式にこの企画は否決せられた。社運を賭けるには冒険すぎるとされたのである」（平凡社創業のころ『芳岳』二号）。

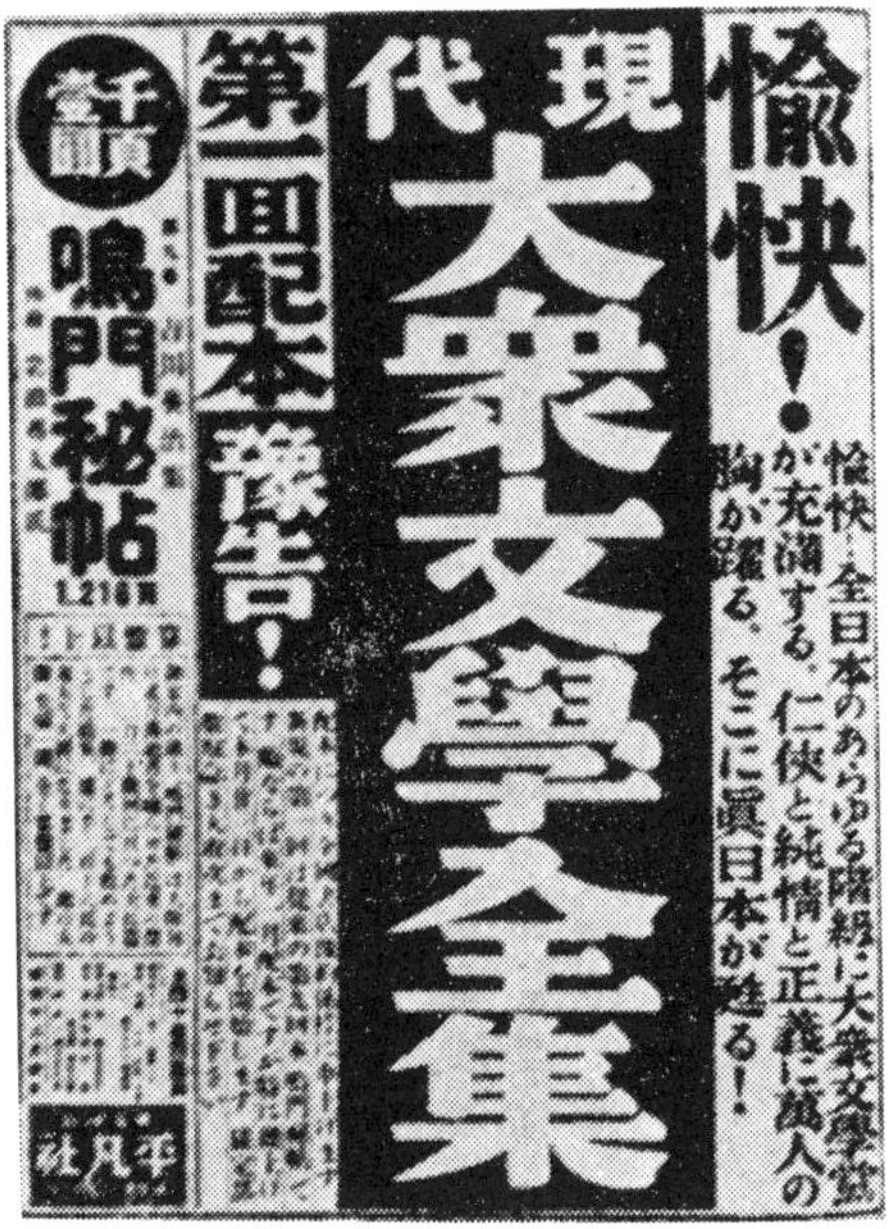

『現代大衆文学全集』第二回予約募集の際の新聞広告

そのうち下中の工作が成功してこのプランは動きはじめた。はじめの案では七〇〇ページ一円だったが、新潮社の『世界文学全集』が五〇〇ページ一円と発表したために、急拠一〇〇〇ページ一円案に変更された。

作家と出版社側のあいだに立って、種々奔走したのは白井喬二だったが、彼は自作年譜で、「平凡社の社員橋本憲三と作者は会見した。この結果『現代大衆文学全集』発刊のことに決した。この出版は作者は一大決意の下に取りかかった。大衆文学の発芽の時代に、もしこの出版が失敗におわったら、新芽は枯死するに決っているからだった。全三十六巻、作者自から我家を編集所として内容見本を作成、失敗の時は筆を折って故山に骨を埋める覚悟を固めた。この時、平凡社は不況時代であったが、『現代大衆文学（全集）』はついに大成功をとげた」と回想している。

出版社側はもちろん、作家たちの熱の入れ方もひととおりのものではなかった。白井はみずから謄写版の速報を印刷して各作家に連絡をつけ、或るいは車を乗り廻して、小売店を歴訪しPRに努めるなど、大変な協力ぶりをしめした。その結果予約会員は二五万をこえた。予約募集中に平凡社がひらいた小売店招待会で、下中弥三郎は原価を披露し、一冊五八銭の原価で、取次に七半で卸すと、その歩合を引いても小売店のもうけは一冊あたり一九円、一万冊売ると一九万円となり、二〇万冊では三八〇万円、三六巻通しての総額だと一億〇九八〇万円の利益がゴッソリころがりこむ計算になると説明して、小売店主たちのドギモを抜いたエピソードもある。

白井喬二もいうように大衆文学の地歩は、『現代大衆文学全集』によってはじめて強固となった。「大衆文芸」から「大衆文学」へ改称された事実の裏に、作品創造にたいする大衆作家の自覚のほどが読まれる――と私は前に書いたが、自信を抱いたのは作家だけではなく、編集者、読者においても同様だった。チャンバラ小説など講談本に毛が生えたぐらいにしか考えなかった一般の認識を根本から改め、ともかくも円本全集という近代的（マスコミ的）スタイルにまとまったことは劃期的な現象だったといえる。

大衆文学はこの全集によって一般化するとともに、はじめて市民権をあたえられた。新講談といわれ、読物文芸ととなえられた時代には、想像もできなかった待遇である。

ところでこの全集の収録作品を一読してみると、いくつかの特長というか、傾向のようなものに気づく。それは収録された作品に、時代小説が圧倒的に多いことである。六〇巻のうち時代もの（開化ものを含む）、探偵もの、現代ものを大別すると、四八、八、四の割合になる（文献参照）。その四本も厳密な分類に従えば、現代小説とはいいにくい。「馬鹿野郎」の村上浪六はもともと撥鬢小説の創始者だし、松崎天民につづく実録ものの作者・沢田撫松の「人獣争闘」、日清開戦前後に時代をとった平山芦江の「唐人船」、富士見高原療養所長で、随筆家として知られ、澪筑子の号で俳句も発表している正木不如丘の小説「木賊の秋」、いずれも菊池寛・久米正雄などマスコミ文壇の花形作家の描く家庭恋愛小説の系列とは触れ合わない作家たちだ。手っ取り早くいえば、大衆文学全集の看板をかかげながら、どうして現代小説を除外したのかということである。現代小説と時代小説がマスコミ文学のなかで同居している戦後の状況からみると、これは一見奇異に感じられる。だがこの全集からいわゆる現代ものがオミットされたのは、それなりの理由があった。そのことに関説しながら、大衆文学に占める時代小説の位置および役割（効用）について考えてみよう。

直木三十五は日本の大衆文学を、「震災後において現れたる興味中心の髷物、時代物小説である」

（大衆文芸作法）と定義したことがある。もっとも彼がこう定義した昭和八年には、大衆文学が発生期に持っていた新興文学としての意義はうすれ、通俗文学とのあいだにあった境界も曖昧となって、直木みずから「しかし、現在では大衆文芸はややその範囲を通り越して、大衆の字義のままに探偵小説をもその中に含め、進んでは、文壇人以外の、芸術小説以外の、新旧一切の作をも、含めようとするまでになっている」と補足説明を加えなければならなくなっていたが、それはともかく、大衆文学が時代小説だけを指していわれていたことは、日本における大衆文学成立の特殊な在り方を考える上に無視できない重要な条件であった。

直木の定義にもあったように、日本の大衆文学はそのまま時代小説を指していわれていた。菊池寛や久米正雄などの新聞小説は、通俗文学と称され、大衆文学（＝時代小説）とは別個のジャンルを形成していた。いずれもマスコミの産物でありながら、時代ものは大衆文学、現代ものは通俗文学と大別されたのは、発生の条件が異なっている点に関連した問題なのだ。

平凡社で全集を企画したおりに、白井喬二に相談したために、収録作家がなんとなく二十一日会のメンバーにかたよりすぎたきらいはある。しかし大衆文学の実態を築きあげていった中心は、なんといってもこのグループの人たちなのだ。それに平凡社側も、菊池・久米を除いた時代もの作家をはじめから想定していた形跡がある。通俗文学は、明治三〇年代の家庭小説が新時代にふさわしく意匠を改めたものが多く、昔ながらの悲恋物語（？）の域を大きく踏み出したと思える作品は数えるほどしかなかった。

菊池寛は大正九年六月から大毎・東日紙に連載した「真珠夫人」で、あざやかに純文学から通俗文学へと転身をしめした。その転向を説明して、「頼まれたから一つやってみようというような」軽い気持で書きはじめたのだと告白したが、「頼まれたから」といって気軽に筆をとることは誰にでもできるわざではない。それを可能にしたのは彼がもともと通俗的文学へ深い関心を寄せていたからであろう。人間的興味（ヒューマン・インタレスト）を作品の中心に据え、独自のテーマ小説を創造してきた彼にとっては、通俗文学への転身は、行きつくべき当然の姿だったといえる。

だがマス・メディア成立期のすぐれた新聞小説の書き手菊池寛の長篇は、鞍馬天狗や丹下左膳にくらべて、今日はたしてどれだけ読み返されているだろうか。これは大衆文学の主人公の性格に触れる問題だが、「忠直卿行状記」や「恩讐の彼方に」「入れ札」などの歴史短篇が読み継がれる率のほうがはるかに高い。このことは菊池の才能とは関係のない事柄で、むしろ現代社会を風俗的な側面から描き、いわば現代を意匠として借りる作品に共通した運命ではないだろうか。

大衆文学を時代小説に限り、通俗文学と一線を劃そうとする見方は、その後、通俗文学と大衆文学がごっちゃになり、いつしかマスコミ文学のなかに雑居するようになった戦後においてもなお生き残っている。また頑固に、その領界を分けることで、かつての大衆文学が持った新興文学としての意義を思い出させようと努める評論家もいないわけではない。中谷博や武蔵野次郎などがその代表であろう。

大衆文学は既成文学の意識から脱却して、新しい価値を創造する内容と形式だと説いたのは白井喬二だった。中谷博は、それを別の角度から、「大衆文学は確かに一つの新興文学であり、かつ、求める文学であった」と規定している。中谷が大衆文学を新興文学としてとらえる意識のうらには、新しい知識人の文学をそこに思い描く願望が秘められていた。それは剣による破壊のエネルギーである。「大衆文学は新興文学であり、その中心には虚無思想がなければならない、剣を以てする破壊が行われなければならない」という「大衆文学本質論」中の一句が明瞭に彼の考えを語っている。

大衆文学と知識人の問題を積極的に論じたのは、中谷博の功績である。

彼の大衆文学論は、既成文学の克服、新興文学の創造という白井喬二ら第一次『大衆文芸』派の意図を斟酌し、それを大衆文学の基本的性格に据えながら、文学が窮局には社会の反映であることを強調して、その論を実証的に展開（発展）したところに特色があった。とくに「社会的背景を考えることなしに大衆文学の出現を理解せんとするのは無意味だ」と断言したことは記憶されていい。彼が大衆文学論に手を染めたはじめは、おそらく菊池寛にすすめられて、文芸春秋社刊『新文芸思想講座』（昭和八―九年）に「大衆文学本質論」を発表してからであろう。

大正九年三月に日本の経済界を襲った戦後さいしょの恐慌は、好景気に浮足立っていた一般大衆に深刻な打撃をあたえた。中谷博は書いている。

「その時まで健全な発達を遂げて来つつあった社会と文化とが、急に停頓坐礁して、人々の信念に動揺が起り来る時、次ぎに来るべき時代が、社会が、文化がそれぞれ、近いうちに何等かの形に於てその姿を現わして来るであろうことだけは既に想像されているのであるが、扨てその姿が

「大菩薩峠」第一回の挿絵　井川洗厓による机竜之助

現実のものとしては未だ何処にも見出され得ない時、その時には、或る意味に於て極めて敏感ではあるが、本質的には平凡の域を脱することの出来ない知識人その人の胸に、必ずや一種の精神的不安が頭を擡げて来るであろうことは周知の事柄に属している。」（大衆文学の歴史）

中谷の言葉を借りれば、当時の知識人は、憂鬱と懐疑から脱却することを夢みて、一個の精神的なラスコリニコフとなったというわけである。

「憂鬱なる人生において、暗雲低迷せる社会において、自らは何ら積極的な行為、思い切った行動に出ることが出来ない知識階級にとって、やけっぱちな破壊とか、抜けば忽ち死人の山を築く剣の魔性とかは、何という魅惑であり得たろうか、何という羨望に値する事件であり得たことであったろうか、筆者は声を大にして叫ぼう、大衆文学とはチャンバラ小説の意に外ならない。」（大衆文学本質論）

そこに登場したのが中里介山の「大菩薩峠」だ。机竜之助に代表される剣のスーパーマンたちである。

机竜之助を「一切の現世の約束事から完全に解放され、一切の人間的感情をジュウリンして、生と死との間に横たわる目に見えぬ線——巾も厚さもない幾何学的線上で、虚無の舞踏を乱舞し得る超人」と形容したのは大宅壮一だ。「死にたいやつは、勝手に死ぬがよい」とうそぶきながら、次次と人を殺してゆく無明の剣士の活躍ぶりは、そのまま当時の欝屈した精神に窓を開いた。竜之助の愛刀・伯耆の安綱は、いわばラスコリニコフの斧に匹敵したわけだ。

介山が活潑なキリスト教の活動と、社会主義的思想傾向のため、郡視学にマークされ、母校西多摩小学校を追われて上京したのは明治三六年、一八歳のときであった。彼は木下尚江を識り、白柳秀湖、山口孤剣、宮田暢らと交って、若い社会主義者たちと火鞭会を組織した。『平民新聞』の第一五号に書いたアンケート「余は如何にして社会主義者となりしか」によると、社会主義を自覚した動機として、貧困のため思うように自己の才能を伸ばせなかったこと、民権思想の強い地方に生まれ、幼時から諸先輩の影響をうけたこと、家庭生活を貧窮ゆえに破壊され、現実を激しく呪詛したことなどを挙げ、さいごに「読書によりて社会主義を明らかに知り、之を益々固く信じ得るに至った」と告白している。二〇歳前後の介山がどのような社会的意識でもって現実に対していたかは、同じく『平民新聞』の第二九号に発表した「嗚呼ヴェレスチャギン」や、第三九号の「乱調激韵」を読めば明瞭だ。

落日斜なる荒原の夕

満月に横う伏屍を見よ、
夕陽を受けて色暗惨。
夏草の闇を縫うて流るる、
其の腥き人の子の血を見よ。
敵、味方、彼も人なり、我も人なり。
人、人を殺さしむるの権威ありや。
人、人を殺すべきの義務ありや。
ああ云うこと勿れ、
国の為なり、君の為なり。

これは「乱調激韵」のさいごの節だが、非戦・平和の立場に立つ青年介山の当時の姿が彷彿としてくる。その彼が仏教へ傾斜しはじめるのは、都新聞社へ入社するころからであろう。転機となったものが何であったのか、私は知らない。処女作「氷の花」は未見だが、笹本寅の『中里介山』(昭和三一年九月・河出書房)によると、小田原在の小作争議をあつかった現代ものだという。またつづけて都新聞に連載した「高野の義人」にも、紀州高野山領の一揆の中心になる戸谷新右衛門父子が描かれているが、この作品が掲載される直前から、いわゆる「大逆事件」による社会主義者たちの検挙が始まっていた。介山が出世作「高野の義人」の好評をよそに、ひたすら仏教の研鑽に打ちこみ、墨染の衣を着て「般若心経」を唱えたりしたのもこの頃からだといわれる。

大逆事件が介山にどのような影を投げたか——具体的に語る材料はなにもないが、「人、人を殺さしむるの権威ありや。人、人を殺すべきの義務ありや」と戦争の遂行者に向って激しく問い詰めた青年弥之助の怒りは、「氷の花」や「高野の義人」を書いた人道主義者介山の思いとともに胸奥に深く沈潜し、やがて机竜之助となって開花する。大逆事件について彼がなにも書きのこしていないことは、むしろその与えた衝撃の異常な強さを証すものなのかもしれない。無明のニヒル剣士竜之助は、「歌う者は、勝手にうたい、死ぬものは、勝手に死ぬ」とつめたく語り、「死ね、死ね、死にたいやつは、勝手に死ぬがよい」とうそぶく。そう机竜之助につぶやかせたとき、介山はかつての日「人、人を殺さしむるの権威ありや」と唱った自分を思い返さなかったとは思えないのだ。「人間界の諸相を曲尽して、大乗遊戯の境に参入するカルマ曼陀羅の面影を大凡下の筆にうつし見んとするにあり」という「大菩薩峠」巻頭の言葉には、業（ごう）を荷って歩む人間の流転輪廻する姿を、そのまま写しみようとする中里介山の願いがこもっていた。彼自身の仏教的な因果意識が、そのような諦めに似た立場をとらせたのであろう。主人公の机竜之助は作者のその思想を具象化したにすぎない。

有明・無明の両域を剣をもって往来する竜之助のなやみが、去就に迷う知識人のこころと、どこかで触れ合ったのも当然であろう。

第一巻にあたる「甲源一刀流の巻」は、大正二年九月から都新聞に連載された。刊行されたのは、大正七年の二月。それも手廻印刷機を買い、介山が文選、植字、製本までやった自家版二〇〇部を、実弟幸作の経営する玉流堂から出した。これはほとんど話題にならなかった。知識人の噂にのぼりはじめるのは、木村毅が編集長格で勤めていた春秋社から、大正一〇年五月に和綴本が出ていらいだ。それが震災後二年目の春に、『都新聞』からスカウトされ、大毎・東日の檜舞台へ移された経緯はすでに書いた。

大逆事件を経過することで介山のなかにひき起された問題は正確につかまえられないとしても、そこにおける精神の起伏が、机竜之助の造型へ介山を駆りたてたことは疑えない。そのいわば時代の影を背負ったニヒル剣士が、震災後のとざされた社会から精神的に脱出をはかろうと願う知識人のあいだに、新らしく読みつがれるようになったことは、それからの大衆文学に、一つの性格としてきざみつけられる。藤森成吉が「大菩薩峠」は「一つのニヒリズムを書こうとしているのではなかろうか」と洩らしたのを伝え聞いた介山は、「やっぱり教養のある人の読書眼はちがう」と何度もくりかえし語ったという。彼自身そうみられることを嫌ってはいなかったらしい。

ところで大逆事件による一歩後退の時期に、講談社（正確には大日本雄弁会講談社）から『講談倶楽部』が創刊されている事実を見落すわけにはゆかない。明治イデオロギーの忠実な体現者で、かつては教職に立った経験もある野間清治社長は、事件の余波で『雄弁』までが当局からチェックされ、地方読者のなかには刑事につけられる者まで出るといった事態を知って、はげしく「思想善導」の使命感にゆさぶられた。『講談倶楽部』発刊の目的を野間みずから説明して、「当時、文部省においては、いわゆる民衆教育の必要を感じ、その運動に乗りだしてきた。つまり、在来の学校教育とは別に一般大衆の通俗教育をしなければ、という考えの下に、いろいろ計画されておった。……そのころまでは、寄席とか芝居とかいうようなものが、わずかに民衆教育の上に役立っていたのである。……そこで、これらのものを総まとめにまとめて、雑誌として出版しようと思いついた」と述べている。大逆事件が一つは介山にみられたようなすぐれた作品創造の楔機となり、一つは新しい娯楽誌発刊に強い刺激を与える――この二つの事柄は、いずれもそれいごの大衆文学の本質にも触れ合う問題として、くりかえし思い出されるべきことであろう。

さらにもう一つつけ加えれば、完全な書き講談のシリーズ「立川文庫」の出現も、ちょうどそのころのことだ。

長いあいだ、全盛を誇っていた講談（人情噺）の速記本は、日露戦後しだいに（というより急速に）書き講談にとってかわられた。書き講談に先鞭をつけたのは東京より大阪が早い。当時大阪で講談落語の速記業界といえば、丸山音次郎と山田都一郎のグループに二分されていた。山田と組んでいた二代目の玉田玉秀斎が、山田都一郎と訣別し、やむなくとった手段（講談を速記にとらずはじめから書下す）が意外と新鮮なスタイルとして好評をうけ「立川文庫」に発展する。いらい震災のすこし前まで類似の豆本を輩出させて、爆発的に流行した。

立川文庫の人気を東京の出版業者が黙って見過ごすわけがない。立川文庫のもつおもしろさを生かし、同時にこの方法を企業化しようとしたのは、『講談倶楽部』を発刊して間もない講談社であった。そのころ東京ではどこの出版社も、速記業界のボス今村次郎の許可なしには、速記ものを掲載できない申し合わせになっていた。しかし大正二年六月(「大菩薩峠」の連載が始まる三月ほど前)、『講談倶楽部』で「浪花節十八番」という臨時増刊を出したことから、講釈師や落語家が、口を揃えて不満をうったえた。浪花節のすきな野間清治は、講談・落語に並べて、浪花節を起用し、それら話芸の速記を通して、仁・義・礼・智・忠・信・孝・悌などのモラルを、武勇伝や人間秘話のあいだに盛り込むことを考えついたのだ。だが浪曲家を祭文語りなどと呼んで、一段低く視ていた講釈師たちが、それを承知するはずがなかった。急速にのし上って来た浪花節にマーケットを奪われたくないというのがあんがいの本音だったのかもしれない。彼らは今村次郎をあいだに立てて、もし浪花節の掲載を中止しなければ、今後講談社にたいして講談などの速記の提供は打切るという抗議を行なった。しかし野間清治は少しもへこたれず、逆にファイトを燃して、書き講談に使えそうな有能な書き手をつぎつぎと世に送り出した。この間の事情については、『講談社の歩んだ五十年』(明治・大正篇)が詳しい。このおり動員されたライターは、ほとんど都新聞のスタッフで、中里介山、平山芦江、長谷川伸をはじめ、それいご大衆文学の歴史のなかで精力的に仕事をする人がいくたりか眺められる。

「立川文庫」はいわば速記本から書き講談へと大衆的読物が移り変る時期の産物であり、書き講談専門の本田美禪、前田曙山、伊原青々園、江見水蔭、渡辺黙禪、松田竹ノ島人などの仕事が、マスコミによって企業化されてゆくのと合わせて、大衆文学史の重要な前史を形づくる。

ここらでもう一度この章の本題へ戻るとしよう。中谷博の文章をまた引用する。

「大衆文学とは知識人の文学である。虚無と破壊の文学である。剣の文学である、チャンバラの文学である、そして最後に遊びの文学である。」（大衆文学本質論）

大衆文学をチャンバラ文学と規定し、知識人のための文学として定着しようとする中谷の考えは、大逆事件を楔機に「大菩薩峠」が生まれ、それが大正九年三月の恐慌ののちに注目され、震災後に檜舞台へのぼるまでの推移を前提にしてみると或る程度納得ゆく。では大衆文学と一般大衆との関係はどう解きほぐせば良いのだろうか。たとえ知識人の文学として大衆文学が成立したにしても、それは知識人だけのものではなかった。むしろ知識人が、階級社会におけるみずからの在り方を正しく認識し、大衆の一員としての自覚を深めたときに生まれたというべきだろう。中谷がいう知識人とは、子供が二、三人も居り、社会においてはそれぞれ生産的な業務に従っている三〇歳から五〇歳にかけての生活人を指している。抽象化された社会の知的部分の意味ではなく、ごく常識的な社会人を指した表現であろう。それだけに既成の文壇文学などに囚われず、新しい文学に何の抵抗もなくとけこんでゆく可能性があった。白井喬二は雑誌『大衆文芸』創刊直後に東日の記者に答えて、「われわれの思っている大衆文芸というものは、従来のつまり純文学愛好者以外の要求する文学が存在するべきであるというところに基礎を置いたもの」と説明している。

その説明につづけて白井は「いわゆるまげ物が多いという批評を受けるのは、大衆文芸家としての最初の出発点がそこにあったためなのです。真実に与えるかたちであったならばもっとかたちをかえて現れたのでしょうが、何ゆえまげ物が多いかというのは、読ませることに附随して都合のよい形式で史実が一種の実在性を持っているためですし、読者の一種の材料的信頼をかち得る、一つの事実だということが、作品となる興味をつなぐ一動機ともなるのです」と語っているが、談話のせいか、表現がまわりくどく曖昧で良く理解できない。この言葉を私なりに解釈すると、大衆文学がまげ物として出発したのは「大菩薩峠」一つとってもわかることだが、文学的修練を経ない一般大衆に手っとり早く読ませるためには、史実が持っている実在感をフルに活用するのがいちばん有効だということであろう。歴史のもつ興味と、実在感を支えとして、剣のスーパーマンが登場する。通俗文学（家庭・現代小説）が、作品のリアリテを現代風俗におくように、大衆文学（時代小説）は、歴史の実在感を支えとして成立する。もっともこの場合、歴史の虚実はあまり問題とはならない。歴史の真実と、大衆のイメージのなかに育ってきた歴史の実在感とのあいだには、ズレがある場合が多いのだ。

直木三十五は、中谷や白井とは別にチャンバラ伝統論とでもいった説を述べている。それによると「日本人にはとくに、一種の伝統的な剣戟の趣味がある」というのだ。彼はその典型を歌舞伎の殺しに見ている。団七九郎兵衛の長町裏の殺場とか、仁木弾正の刃傷場などを例にあげて「世界中の芝居の中で、単に人を殺すことだけで独立して劇を形造っているようなものは、歌舞伎劇をおいて他はないであろう。……もちろん、そこには歌舞伎劇独特の形式美と感覚はあるが、その他に、日本人が殺人、流血に特殊な興味をもっているということが、その発達の少くとも一つの原因をなしている」と書いていた。

直木の説はおもしろい。もっとも日本人に殺人、流血にたいする特殊な感覚が発達しているかどうかは速断できないが、歌舞伎劇の殺しが、一種の様式にまでたかめられているのは事実である。しかしそれはむしろ日本舞踊の「舞い」に通う様式美の世界であって、血腥ぐさい残酷ムードとは無縁のものだ。

南博は戦後のチャンバラ流行に触れて、「大衆の剣劇に対する興味は、根本的に戦前と同じ心理的な基礎から発しているようである」と書いていたが、このことは剣劇だけにかぎった問題ではない。そのなかであげている五つの社会的心理的な条件は、作中人物の性格を語る場合にも重要な示唆をあたえてくれる。それは「超人的な英雄像」「権力への憧憬」「社会に対する反抗」「日本人の死に対する観念の重視」「体制側の時代的な要求」の五つである。

チャンバラ劇（小説）の主人公は、超人的で、しかも大衆がつねに理想として抱くあらゆる美徳や能力を所有していなければならない。大衆がこのスーパーマン（英雄）を崇拝する気持の裏には、根強い大衆の無力感、疎外感が横わっている。権力への憧れは、劣等感の裏返しにすぎない。だがヒーローたちは、何かの形で彼をとりまく社会の壁に体当りを見せないわけではない。ただ彼らの抵抗は、社会の変革にまでは行きつかず、いわば醜いもの、歪められたものにたいする義俠的な反抗に終始する。たとえ社会から疎外されていても、既成の道徳に反するような行動に出る例は多くない。

さらに死を生より重視する日本人の運命観が、殺しの場面に典型的に現れる。おそらく直木三十五はこのことをいったのであろう。それらの心理的基礎にくわえて、国家的な要請も条件として働く。

大衆文学がチャンバラ小説として成立したのはなぜか――の問題は、当時の大衆がチャンバラになにを求めたか、またなぜチャンバラが好きなのかと問うことでもあろう。中谷博は知識人の虚無と破壊のエネルギーが剣のスーパーマンを求めたのだと説き、白井喬二は時代を歴史にとることで読者に親しみを与えるためだと述べ、直木三十五はそれを日本人の伝統的思考だとした。おそらくそのいずれもが当っているにちがいない。中谷の説は南博があげている条件の第一に触れ、直木の説は第四の伝統論に重なる考え方だ。だがマゲ物が大衆文学の主軸に据えられた原因をただせば大衆の旧守的な側面に根ざすものが少なくなく、長谷川如是閑が厳しく指摘した「封建的ロマン主義への逆転」が、成立の時期から誘惑の手を差しのばしていたことが察しられる。南博はそれを「封建社会への郷愁」と名づけている。

大衆文学と通俗文学をわけへだてていた境界は、昭和三、四年ごろになると急速にぼやけ始めた(昭和四年二月の沢田正二郎の死はその予徴を思わせる)。チャンバラ小説として成立した大衆文学がその目的を達成したからではなく、書き手の意識がマスコミによって混乱させられた結果である。大井広介は、それを三上於菟吉や牧逸馬のように現代もの、時代ものの二刀流を使う連中がふえたためだとしている。

作家がどのようなスタイルを用いたからといってとがめられるいわれはない。ただ大衆作家が現代ものを書くことで、はじめに時代小説が持っていたさまざまな条件——読者の要求に応える心理的な基礎まで曖昧なものにしてしまったのではこまる。中谷博が大衆文学の第一期を大正一〇年から一四年までの成立期におき、第二期を昭和六年までの完成期においたあと、昭和七年から終戦に到る十数年間を長い下降期と見たのは、大衆文学かその主体性を喪い、マスコミの要求に唯々として従うものになってしまう現象を指していうのであろう。しかしそれはまた大衆文学が成立と同時に、内部に胎んでいた商品性の問題に足をすくわれたため、新興文学としての主体的な条件を伸長できなかった結果でもあった。

4　虚構のなかの英雄たち

大衆文学の読者は、題材の人間的興味にいきなり飛びつき、そこで作中人物と勝手な交渉をもちはじめる。作中人物が作者の手をはなれて読者の、そして大衆のイメージのなかで動き出すのはそれからの話だ。

イタリア共産党の創始者の一人であり、すぐれた思想家であったグラムシは「大衆文学のヒーローたちは、いったん大衆の知的生活のなかに入りこんでしまうと、その〈文学的な〉出生をはなれて、れっきとした歴史上の人物になってしまう」と書いたことがある。虚構のなかの英雄たちは、こうして歴史上の人物と同居し、大衆の偶像として生きはじめるのだ。

だがどの登場人物でも、永遠の主人公になれるというわけではない。あらゆる美徳と能力を兼備した魅力的性格、灰色の人生をつきやぶるような破壊的なエネルギー、スーパーマン的な行動能力……そのファクターを数えあげてゆくと、ほぼ主人公像のアウトラインはできあがる。しかし日本の大衆文学で特長的なことは、マゲモノスターが、通俗小説のヒロインたちにくらべてはるかに親しまれている点である。浪子、お宮、お蔦あたりはともかく、菊池寛や加藤武雄の創造した女主人公の名前など列記しても、おそらく十中八、九人までは記憶にないだろう。高石かつ枝や志摩啓子の名前も原作より松竹大船の恋愛メロドラマや流行歌を通して伝えられた部分が多い。ところが時代ものとなると人気者がやたらと登場してくるのだ。机竜之助を皮切りに堀田隼人、森尾重四郎、新納鶴千代、丹下左膳、眠狂四郎に到るニヒル剣士。熊木公太郎、阿地川盤嶽、戸並長八郎、右田新二郎（桃太郎侍）から、又四郎、権九郎に到る楽天的な諸タイプ。或るいは捕物名人の神田三河町の半七、神田明神下の銭形平次、お玉ケ池の人形佐七、湯島五丁目には女捕物の鏡屋おかく、八丁堀ならむっつり右門とおなじみが顔を並べている。仇討、お家騒動、仁侠やくざ、白浪もの、……と種類は異なるが、いずれも講談、人情噺いらいの親みある人物ぞろいだ。そのすべてに面接する余裕がないので、ここでは典型的ないくたりかの主人公たちを通して、大衆の好む英雄像と、その形成過程をたどってみよう。

虚構のなかの英雄は、大衆の構想力を解き放す役割を果す。だがそれが時代の枠をこえてつぎの世代に語り継がれるためには、いくつかの条件が充されなければならない。正義派、超人的な能力、道徳的でしかも社会から疎外された余計者、底抜けのお人好しで女に弱いなどという諸タイプのなかで、ニヒル剣士は日本の大衆文学に特有の人物像だ。なぜ剣のニヒリズムが主人公の性格にやきついてしまったか、これについてはすでに中里介山の「大菩薩峠」が執筆される社会的な状況を述べたおりに説明しておいたが、大正九年三月の経済的不況と、大震災後の社会的不安が、インテリゲンチャのあいだに虚無と破壊のイメージを育てた結果、そのヒーロー像に当時の知識人のふるえがそのまま刻みこまれてしまった。大衆文学（＝時代小説）が殺しの小説として定着したのはそのためである。その意味では時代小説は剣のスーパーマンの独り舞台であったし、またその殺陣のフォルムが、つぎつぎと新しく創案されて、新時代の読者の夢を培ったのである。

机竜之助に青眼音なしのかまえがあり、新吾に自源流（示現流）地ずりの構え、武蔵に二刀流の剣のさえ、小次郎につばめ返しの秘剣、狂四郎に催眠術もどきの円月殺法といった一連の名剣技がつきものなのは、剣を一閃させることで生まれる一種のカタルシスが、民衆の夢に翼を貸すからにちがいない。

柴田錬三郎は眠狂四郎誕生の秘密を説明して、机竜之助は親しみやすい良い名前だ、それというのも机が人間生活になじみ深い家具の一つだからだ、もし机をしのぐ名前があるとすれば、それは睡眠である、たとえ机をもたない流浪者でも眠りだけは無償で手に入れることができる、これを姓とした人物を造型し、それまであった一刀三拝式の剣の代りに、「武士のたましい」を西部劇のガンに相応する凶器として使う……。

「私は剣豪小説を書きはじめる時、従来の時代小説の法則をいかに無視するか、あるいは、それに、どのように反逆するか、ということを考えた。」

吉川英治の「宮本武蔵」像に反逆する試みは、すでに昭和二四年末に村上元三によって行なわれている。小次郎の行動はいわば戦後派のそれとして造型されていた。「時代小説の主人公は、これまで求道精神主義者かしからずんば正義派であった。そして、刀を抜くことに、ひどく、もったいぶっている。……氏素姓は正しいし、女に対してはピューリタンで、万事理想的にできすぎている。そこで、私は、いちいち、その逆をとることにした」(「眠狂四郎の生誕」)。このような反逆精神が、ころびばてれんの血をうけた宿命の男狂四郎を生み出す。彼の愛刀岡崎五郎正宗は、狂四郎の性格を写して、残虐無道の毒剣となる。ところで、剣の求道者というタイプから離反して新しい局面を拓いた狂四郎の人物像は、虚構のなかの英雄たちに並べてみると、むしろ中里介山いらいの伝統的なニヒル剣士のタイプを継承していることがわかるのだ。眠狂四郎が伝統に反逆しながら、結局は大衆文学の伝統を継ぐ結果となったことはいかにも興味ある問題である。

狂四郎のニヒリズムは竜之助の系譜に属するが、ころびばてれんジュアン・ヘルナンドを父に、大目付松平主水正の長女を母に持つ彼の出生は、吉川英治の「鳴門秘帖」に登場する据もの斬の達人お十夜孫兵衛を思わせる。お十夜頭巾におおわれた額にはあざやかなクルス形の傷痕がやきついていて、母はスペインから渡来した女修士イサベラというこしらえだから、眠狂四郎の直接の祖先をこのお十夜孫兵衛とみてもおかしくはあるまい。「鳴門秘帖」では主役を多感な美剣士法月弦之丞がつとめたが、戦後にはこの種の美男型はあまりふるわなくなり、お十夜孫兵衛のように脇役として活躍したかつての連中が脚光を浴びる。こういった変化はチャンバラ映画で白ヌリの二枚目が減ってゆくのと平行している現象だ。土師清二の「砂絵呪縛(すなえしばり)」が、日活・マキノ・東亜・阪妻四社で競映されたおり（昭和二年）、阪東妻三郎は法月弦之丞につながる勝浦孫之丞をひきうけず、柳影組・天目党のいずれでもない浪人者森尾重四郎を択んだ。「砂絵呪縛」が天目党の副首領勝浦孫之丞よりも、ニヒル剣士森尾重四郎で知られているのは映画で阪妻が重四郎を演じ、それが武井竜三・沢村勇・石井貫三らの重四郎よりずば抜けて印象的だったせいであろう。日本の大衆がイメージとして抱くニヒル剣士の像は、ほとんどスクリーンを通してつくられたものだといっていい。尾上松之助（目玉の松ちゃん）の立廻りは歌舞伎の型から来ている。チャンバラに知的処理を加えたのはむしろ新国劇の沢田正二郎だろうが、松之助に代ったチャンバラ・スター阪妻は、チャンバラ小説の虚無と破壊のエネルギーをそっくりそのまま生かすことのできる俳優だった。伊藤大輔とコンビで売出した大河内伝次郎も、「忠次旅日記」につづく「新版大岡政談」で徹底したニヒル剣士のイメージを与え、剣のスーパーマンとして、丹下左膳や新納鶴千代を演じてサッソウとした殺陣をみせた。熊木公太郎や戸並長八郎タイプの人物が映像の世界を支配するのはややおくれて片岡千恵蔵の登場まで待たなくてはならない。

ニヒル剣士の行動は疎外からの脱出に手を貸す。しかし結局は状況を変えるところまではゆかず、無常感と諦めのなかに敗びゆくものの残光を止めるにすぎない。正義派の美男剣士たちをとってみても、社会とのかかわり合いはそれほどニヒル剣士とかわらず、わずかにとってつけたような解決が、見せかけだけの救いをもたらす。しかし時代のすねものばかりがチャンバラ英雄であるわけではなく、解放的な剣の自由人も少なくない。大仏次郎の描く鞍馬天狗や、山手樹一郎の明朗時代小説のヒーローたちは、虚無的な剣のスーパーマンとは無縁の存在だ。大衆のなかに生きつづける寿命の長さからいうと正義派の超人的タイプのほうがまさっている。しかし日本の場合は、時代小説(=大衆文学)が特殊な成立の仕方を示しただけに虚無的スーパーマンもなかなか滅びようとしない。だが世代から世代へと語りつがれるうちに、はじめの虚無的な匂いはしだいと薄れ、やがてニヒル剣士とは似もつかぬ新しいヒーローに生まれ替ってしまうこともよくある事実だ。戦後の丹下左膳映画にはその傾向が強い。ニヒル剣士も正義派の超人も大衆のおかれた状況の根本的変革者になることがないために、彼らでも解決のつかない事態に直面すると、チャンバラ小説特有の救世主が立ち現れる。それは権力へつながる「おしのびもの」――光圀や遠山の金さん、或るいは松平長七郎たちだ。場合によっては天下の御意見番を称する大久保彦左衛門や、千二百石の旗本退屈男までがこの系列に加えられる。早乙女主水之介(旗本退屈男)の三日月形の眉間のキズ、遠山金四郎の袢姿、黄門様の葵の紋いずれも、徳川幕府の威信と結びついている。彼らが仮面を脱ぎさえすれば、難問題は立ちどころに解決する。もっともこの解決は問題の本質には及ばず、黄門様が姿を消せば前以上に苦しい抑圧が民衆の生活を襲う。葵新吾が権勢につながる自分をきびしく抑え、すすんで権威に背をそむけるのも、見せかけだけの解決をこばみ、会津新藤五国光の一刀にすべてを託すからであろう。

読者は大衆文学に波瀾に富んだロマネスクを期待するだけでなく、人生哲学のわかり易い絵解きを求める。教訓的側面といわれるのがそれだ。もっとも要求はそれほど高級なものではなく、八さん熊さんの悩みを解きほぐす横丁の隠居ていどの処世訓にすぎない。幼学綱要や女大学のたぐいだと思えばいい。従って社会的な変革を望むなどという考えには思い到らず、ひたすら体制の枠組のなかで生きることに最善をつくす。立身出世譚が多少のテレ（笑い）をともないながらも、いつの時代にも愛読されるのはそのせいであろう。南博は「封建的な徳風の讃美と同時に、その徳風を生み出した社会秩序への反抗」の二面が剣劇に含まれると書いていたが、秩序への反抗はおおむね失われた醇風美俗への回帰の形をとる。

英雄崇拝は民衆の無力感の裏がえしにすぎない。虚構のなかの英雄が、歴史のなかの英雄と肩を並べるのは、民衆の祈りがまるごとその中に託された瞬間からである。彼らは民衆の願いを充足させるためには、いっさいのコンベンションを断ち切る能力の持主でなければならないが、だからといって大衆の抱く既成のモラルから大きく逸脱することは許されない。義民伝が起義の輝かしい成果よりは、敗北の哀しみに焦点を合わせた悲劇として成立するのもそのためだ。

一般の庶民は善玉と悪玉が入り乱れ、さいごには善玉が悪玉をほろぼすという仕組の小説を求める。もちろんその間のストーリーは、複雑であればあるだけ、あとの結末が効果的で歓迎される。ハッピーエンドがよろこばれるのは、あらかじめ幸福が予定されるからであろう。善は栄え悪はほろびる――という単純な公式は、菊は栄える葵は枯れる――の図式におきかえることもできる。この場合の悪玉は現実社会の悪人と同じではない。バット・マンやアウト・ローでも読者の夢にかなえば英雄になる資格は十分だ。快盗ルパンは名探偵ホームズと同等の地位を占め、河内山宗俊は、遠山金さんなみにあつかわれる。それというのも日本の歴史に徹底した悪の典型が存在しなかったからだ。強盗や詐欺師も、大衆のなかで語りつがれてゆくうちに、いつとはなく義賊・俠盗の相貌を荷わせられ、いっぱしの主人公として登録されるわけである。

大衆の浄化作用は、英雄伝説を生み出す創造力そのものだ。

菊池寛の短篇「恩讐の彼方に」は、良く知られているように耶馬渓羅漢寺に伝わる敵討秘話だが、禅海が洞門を往来するものから一人四文、牛馬八文あての通行税を取り立て、百両ほどためて余生を安楽にすごしたという別の説話ものこされている。古川古松軒の『西遊雑記』（天明三年）などに書かれた話がそれだが、こすっからしい禅海坊の噂さは巷間に伝わらず、虚構をまじえた敵討意外史だけが民衆の夢を育てる話題となった。民衆の好むものと好まないものの区分はこのような話に典型的に窺われる。

よく引かれる挿話だが民衆の想像力のすばらしさを語る例をあげよう。俗説では鍵屋の辻で三十六人を斬ったことになっている荒木又右衛門も、実際には二、三人と斬り結んだにすぎなかったらしい。長谷川伸の「荒木又右衛門」によると確実に殺したのは河合甚左衛門だけだ。しかも又右衛門の使用した来伊賀守金道（新刀）は、桜井半兵衛の下僕と渡り合ったおりに、つば元から折れている。その際又右衛門は木刀で腰をうたれたというい伝えもあるほどだ。むかしの実録本「琢磨兵林」では河合甚左衛門の仲間が、荒木の頭を天秤棒で二つばかりなぐったことになっている（近世実録全書Ⅲによる）。伊賀上野の敵討は、備前藩主松平宮内少輔忠雄につかえる河合又五郎が、藩主の寵童渡辺源太夫と争って殺害し、源太夫の兄数馬が主君の遺志を体して行なった上意討ちなのだ。ほんらいならば又右衛門が義弟源太夫のために敵を討つのは法的に許されない。彼の助太刀は又五郎の叔父甚左衛門が又五郎側の助人に立ったことで合理化された。上意討ちの形をとった特殊な復讐譚が、父親渡辺靭負の敵を討つという講談向きの話に変ったのはいつごろからなのか。実録本にまとまったおりにはすでに敵討話にすりかわっていた模様である。もっとも実録本でも時代によって多少の異同があり、事実に近く舎弟の敵を討つ形がのこされているのも少なくないようだ。だが劇化されるころになると、父の敵討という形に移っている。敵討が実際に行なわれたのが寛永一一(一六三三)年、江戸で浄瑠璃に上演されたのは安永五年(一説に享保ごろにあるというが不明)だというから、およそ百数十年のちのことだ。上演がはばかられたのは、この事件の背後に、大名と旗本の深い確執があり、それをつつき出すことを当時の幕府がおそれたからであろう。やがて安永六年の「伊賀越乗掛合羽」や天明三年の「伊賀越道中双六」あたりで実録本とは異なる別のイメージが定着しはじめる。それがいつとはなしに読本や講談の世界にも生かされて民衆のなかに深く浸透するようになった。

関根黙庵の『講談落語今昔譚』(大正一三年四月・雄山閣)によると一般に普及した講談ネタの「伊賀の水月」は、初代典山が潤色したもので(天保のころ)、ほかに松林《しょうりん》派に伝わる別の種本によるものもあるということだ(正確ではないがおもしろおかしく脚色する方法と史実にかなり忠実な態度とのちがいであろう)。もっとも初代の典山が三十六人にふやしたわけではない。三代目馬琴の父にあたる（初代）琴凌が伊賀上野に旅興行のとき、鍵屋の辻を訪ね、万福寺にある浄閑信士の河合又五郎の墓をはじめ、桜井半兵衛、河合甚左衛門、半兵衛の下僕と計四基の墓を見て、それに苦（九）をかけ、四九三十六人斬りにしたという。もっとも三代目馬琴の筆録「講談界昔話」によると「伊賀の上野へまいりますと金伝《ママ》寺という赤門の境内に又右衛門が斬った六人の墓がある、その六へ六を自乗《か》けて六六三十六番斬りにした、どうもこの方が威勢がいい」（長谷川伸の文章より孫引）となっている。直木三十五はこのアイデアを二代目貞山の独創だと推測していたらしい。（「荒木又右衛門の研究」参照）。初代の琴凌か二代目の一竜斎貞山か、ともかく或る講釈師の張り扇が生みだした独創であることはまちがいない。しかし私は先代の伊藤痴遊が随筆のなかでのべているように——荒木又右衛門が三人斬って今日はこれまでと打出したところ、定連の一人が楽屋へ顔を見せて、「先生、今日の荒又はよく斬ったね、あっしァ血が顔へ飛んだかと思ったくれえだ、明日は何人斬るか知らねえが、どんな斬り法をするか楽しみだ」という、講釈師はそれを聞いて困惑し、工夫をこらして別の殺しを語った、それがふくれ上ってついに三十六人斬りにまでなってしまったというエピソードのほうを取りたい。痴遊のこの話は、大衆の好みがどのような方向に動こうとしているか、その在り方を如実に示した好例であろう。民衆にとって必要なのは、荒木又右衛門が義のために助太刀を買って出、悪党又五郎一味をこらしめるその水ぎわ立った立廻りぶりで、腰の打撲傷でうなっていたり、おでこにこぶをつくって眼を白黒させている人間荒木又右衛門ではない。直木三十五はその超人的な殺しのもつロマンチシズムに水をさし、実説の側へと引き寄せた最初の人だ。さらに長谷川伸の敵討研究は、荒木又右衛門にまつわる伝説のベールをはがし、政治のなかの敵討とでもいったものをあやまりなく再現してくれた。しかし民衆の思い描く荒木又右衛門は、すでに実説とは無関係に大衆のイメージのなかに生きつづけ、三十六人斬りの妙技を披露してとどまろうとしない。

勧善懲悪や因果応報思想は、敵討物語やお家騒動ものに典型的に現れる。日本独得の怨霊・霊異譚も、ここに並べてさしつかえなかろう。善玉・悪玉の図式がフルに活用されるのもこの分野だ。代表的な御家騒動と呼ばれるのは伊達・加賀・黒田の三騒動で、ほかに檜山・越後・宇都宮・鍋島をはじめ、将軍家のお家騒動に類する田沼・柳沢騒動などがある。原田甲斐、大槻伝蔵、栗山大膳、相馬大作、小栗美作、伊藤惣太（佐賀怪猫伝）などが、逆徒・忠臣それぞれの代表的人物とされている。もっとも善悪の決定は「勝てば官軍」式に最後の権をいずれが取るかにかかっており、かならずしも正義派（実際の）が勝つというわけにはゆかない（越後騒動・伊達騒動のように喧嘩両成敗のケースもあるが）。しかも幕府、或るいは自藩での裁定に反した解釈をすることは、実録小説の場合にも許されるわけがなく、今日残っている実録本が、裁定の線に沿って正邪を匡しているのも当然のことであった。

加賀騒動は一般には大槻内蔵允（伝蔵）と、加賀藩主前田吉徳の側室お貞の方の密通事件とされているが、実際は藩政の立直しに奔走する大槻の行動を心よく思わない保守派の重臣連が、彼を失脚させるために仕組んだデッチ上げ事件だったらしい。大槻伝蔵が五箇山のしまり小屋で自殺したのが寛延元（一七四八）年。事件が完全に落着するのはもう少し後のことだが、加賀騒動の巷説は大槻悪党説で固っているといっても誤りではない。吉徳につかえて七百石を領していた津田政隣（まさちか）の手記「政隣記」の抄本や、保守派の急尖鋒・青地藤太夫の「俊新秘策」が基礎となって最初の実録本「見語」がまとめられ、それが講釈師によって普及されるうちに「北雪美談金沢実記」となったものであろう。最初の実録本「見語」は明和八年の禁書目録に入っていたらしく、お家騒動にたいする実録本や講談のあつかいはかなり厳しい枠をおかれていたように想像される。成田寿仙がお家騒動ものを禁止されて「日蓮記」を読み、大当りを取った話は有名だし、「越後記」の筆者は筆禍をうけて八丈島に流罪となり、仙石騒動（忠臣神谷転の出てくる講談でおなじみの主家横領事件）をまとめた十返舎一九の弟子三九（糸井鳳助）は逮捕されるのをおそれて逃亡している。村上元三は昭和二六年に『サンデー毎日』に連載した「加賀騒動」の末尾で、登場人物の口を借りて「際限なしに世間へひろがってゆく噂さという奴はおそろしい。おれなどの力では、とてもささえ切れぬ」といわせていた。伝蔵が藩主吉徳と宗辰（むねとき）を毒殺し、真如院（お貞の方）とのあいだに生まれる子を継嗣にしようと企んだという噂だ。村上元三の作品のモチーフは俗説にまみれた加賀騒動の実態を改めて追究した佳作であり、中山義秀の「武辺往来」（昭和三四年、日本経済新聞に連載）などとともに、戦後の傾向をそのまま示している。もっとも、お家騒動ものの将来は、これまでのような善玉・悪玉の図式をなぞっていたのでは発展しない。山本周五郎の代表的長篇「樅ノ木は残った」は、その新しい方向を指し示しているといえよう。

この長篇の題材である伊達騒動については説明するまでもあるまい。伊達兵部が家老原田甲斐と共謀して、主君綱宗を隠居させ、二歳の幼子亀千代丸を毒殺して、自分の子を後がまに据えようとした主家の横領未遂事件というふうに講談などでなっている。そして綱宗の遊女高尾身請け、乳母浅岡(政岡)の忠節ぶり、或るいは甲斐乱心の一齣などが、歌舞伎や講談のクライマックスとしてひろく知られてきた。「樅ノ木は残った」の主人公原田甲斐は、酒井雅楽頭を中核とする幕府側の謀略に対処し、わが身を犠牲にして伊達六〇万石の安泰をはかる忠臣だ。甲斐功臣説は、山本周五郎以外にもいくつかあった。ふつうの場合なら一度はられた悪のレッテルは容易にはがれはしないが、原田甲斐はむしろ例外に属する。大井広介によると真山青果、額田六福の合作「原田甲斐」(新国劇その他で上演)ですでに忠臣説は具象化されているようだし、平野謙の全集版解説では、大正一〇年に藩内の派閥争いの結果だとする田辺実明の新解釈が出ているという。いずれにしてもこれまで悪人とされてきた原田甲斐の像を一八〇度転換させた。甲斐の刃傷シーンも、悪は滅びるといった単純な公式にそのままあてはまるものではなく、敗者の美学に通う悲劇的結末が強烈にやきついていたのかもしれない。大井広介は、むしろ「刀をふりまわすヒロイズムをはじめて本質的に否定した長篇」として高く評価している。

早稲田大学出版部から昭和三、四年ごろ刊行された『近世実録全書』(全二〇巻)には、よく知られた実録本が収録されているが、その冒頭にある「実録の沿革」(河竹繁俊)でも具体的に説明してあるように、関係者の手記やその周辺にいた人の回想資料から最初の実録が編まれ、講釈師の張り扇によってひろく普及し、時には上演されるなどして、やがて小説の上に登場するまでのプロセスは興味がある。「政隣記抄本」も収録されている、「列侯深秘録」（国書刊行会本）などの第一次資料と、『近世実録全書』や雄山閣の『物語近世文学』に入っているようなポピュラーな実録本とを比較し、さらにその比較の上に立って、大衆小説がどう講談や実録の人物像を継承しているかを解剖するのは、民衆の英雄像がつくられてゆく内的発展をあとづける上で重要な方法であろう。大衆小説がむかしながらの「伊達顕秘録」や「護国女太平記」（柳沢騒動）と大差ない次元に足踏みしていたのでは、これからの発展は望めない。「樅ノ木は残った」の意義は、実録本的人間像をくつがえし、政治のなかの（組織のなかのといい改めてもいいが）人間として、原田甲斐をとらえ直したところにある。

虚構のなかの英雄たちの正義感は、少数者への同情、被圧迫者・疎外者への近親性、滅びゆくものの讃美となって現れる。しかしそれはモラリッシュな部分に止まるものが多く、社会にたいする抵抗も、権力機構の末端と小ぜり合いを演ずるにすぎない。南博がチャンバラに封建的な徳風の讃美とその徳風を生み出した社会秩序への反抗の二面がふくまれていると書いたことは、その問題と関連している。民衆の抵抗の夢と、体制順応とは楯の両面だからだ。動乱の時代を好みながら、人間の行動を運命的なものとしてとらえがちな事実は、これまでに強いられてきた諦めの感情がまといついているせいだろう。英雄崇拝の裏には民衆の無力感が存在する。判官びいき、敗者の美学、ニヒリズムの系列が生まれてくるのも当然のことだ。頼朝よりは義経が、家康よりは秀吉が大衆のアイドルになりやすいのはそのためである。歴史のなかの英雄についても同様のことがいえる。

政治的な読みの深さとその実践力においては、家康は秀吉より一歩抜きんでていた。しかし東照権現になったことで英雄の資格をみずから放棄してしまったようなものだ。数多いエピソードも人間的魅力の材料とはならない。家康を「狸おやじ」と呼ぶのは、講談の開祖赤松青竜軒や名和清左衛門にすでにみられる。とくに清左衛門は「太閤記」を好んで読み、大阪冬・夏両陣にからんで家康の方策を批判し、「狸じじい」と叫んで講席から姿をくらましたと伝えられる（佐野孝『講談五百年』）。

織田家の祐筆太田和泉守（牛一）の「信長記」、秀吉の御伽衆のひとりだった大村由己の「天正記」をはじめ、川角三郎右衛門の「川角太閤記」（元和の末ごろ）、小瀬甫庵の「甫庵太閤記」（寛永三年）などの伝記類が刊行されたあと、その通俗化に役立ったのは、岡田玉山の挿絵入りで好評を得た「絵本太閤記」（寛政九年→享和二年）である。当時は（というより徳川期を通して）信長や秀吉を高く評価するのはタブーだった。幕府は文化元年五月に絵草紙にたいする取締令を出し、「壱枚絵、草紙類、天正のころいらいの武者など名前を題し画き候儀はもちろん、紋所、合印、名前などまぎらわしく認め候儀も決して相致すまじく候」といった無茶な取締規則を押しつけて厳しく取締った。そのため「絵本太閤記」や「絵本拾遺信長記」は絶版。草双紙、武者絵などまでが発行不能となった。宮武外骨の『筆禍史』（大正一五年の改訂増補版）によると、三枚つづきの「太閤五妻洛東遊観之図」を描いた歌麿が逮捕されたときに、玉山の「絵本太閤記」について自白したた

「太閤五妻洛東遊観之図」（歌麿筆）三枚つづきの二枚

めだというが正確なことはわからない。歌麿につづいて豊国・春亭・春英・月麿なども調べられ、「化物太閤記」を出版した十返舎一九とともに五〇日の手ぐさり、罰金一五貫文をいいわたされた。しかし秀吉株は低下することなく二百数十年を生きつづけた。江戸時代の庶民たちは秀吉が尾張の農民出身だということで圧制からの脱出の夢を彼のロマンチックな生涯に託していたわけである。幕末から明治へかけて集大成された栗原柳庵の「真書太閤記」は実説からは遠ざかっているが、民衆のなかに生きていた「太閤記」を知る上では欠かすことができない。虚構のなかの英雄は「川角太閤記」よりも「真書太閤記」に躍如として動いている。「真書太閤記」の線につながる矢田挿雲の「太閤記」や吉川英治の「新書太閤記」になるとそれはさらに明瞭となる。挿雲は英雄を偶像化することにも、

「立　川　文　庫」（講談社復刻版）

また凡人化することにも反対の立場で執筆したと書いたが、吉川はむしろ民衆のなかにいる秀吉をとらえようと努めていた。家康が信長・秀吉と並んで大衆文学の英雄になるのは、経営学ブームの一環として家康が経営戦略の側面からライトを浴びるようになってからだ。

家康を「狸おやじ」に仕立てあげたのは大阪人の江戸の文物にたいするささやかなレジスタンスでもあった。二七〇年にわたる徳川の治政はすべてを江戸中心の姿におきかえようとし、それに反撥する上方の人たちの願いは、大阪落城の悲劇的終末に結び合う「太閤記」や「難波戦記」、或るいは「真田三代記」といった軍書ものに集中した。明治から大正にかけての「立川文庫」はその現代版でもあった。とくに「立川文庫」の第四〇篇にあたる「猿飛佐助」の登場は、それまでの英雄・豪傑像に新時代の息吹きを導き入れたといってよかろう。

猿飛佐助は今でこそ実在の人物なみにあつかわれているが、もともと「立川文庫」が創造した仮空の人物にすぎない。創作集団の中心的存在だった山田阿鉄《おてつ》という人が、「西遊記」の翻案を思い立ち、四国の石槌山の麓にかかっていた猿飛橋の猿飛を取り、その頭韻をふんで猿飛佐助と名づけたのがはじまりだ（池田蘭子『女紋』、河出書房新社版）。猿飛という地名は四国のそれに限らず、たとえば詩人の竹内勝太郎が事故死したところも黒部川の猿飛附近だった。猿飛というのは日本ではそれほど突飛な名前ではあるまい。孫悟空を佐助、猪八戒を三好清海入道、沙悟浄を霧隠才蔵（一説には由利鎌之助）にすりかえて、三蔵法師のかわりに真田幸村をおけば人物の設定はまったく同じだ。きんと雲にのって一万八千里を一飛びに飛ぶ悟空は、木の枝から枝へ飛び移る飛翔術を得意とした佐助にそのまま移されている。「立川文庫」や講談本では、佐助は信州鳥居峠のふもとに住む森家の浪人・鷲尾（鷲塚）佐太夫の息子で、山中で猿と遊んでいるうちに戸沢白雲斎と会い、彼から甲賀流忍術を学び、一五（或るいは六）歳のとき幸村に見出されて仕官することになっている。女中楓にいい寄った家老の息子をやりこめたのがきっかけになって、二七通も彼女からラブレターをもらうあたりは、正義派で楽天的なスーパーマンの性格をおしみなくさらけ出しているようだ。彼にかかると荒川熊蔵や塙団右衛門などの豪傑たちもたあいなく料理されてしまう。その忍術名人が幸村にだけは手が出ないのだから、真田幸村の株があがるのも無理はない。幸村の人気がたかまるにつれて、佐助の像も拡大されてゆく。真田十勇士といわれる豪傑集団ができあがり、それがそれぞれに独立し、無数の亜流を生む過程で、猿飛佐助の魅力は、一般化し、伝承されてきたといってよかろう。

数年まえに出版された足立巻一の著書『忍術』（へいぼんぶっくす）に興味ある忍術についてのアンケートが収録されていた。それによると男女合わせて五二人（男二八）の解答者のうち二〇歳の洋裁従業員（女）ひとりを除いた他の全員が、忍術物語はおもしろかったと答え、しかも七、八歳ごろに知った（講談・映画・小説によって）という人が圧倒的に多かった。とくに私が教えられたのは、何がおもしろかったかという質問にたいする各人各説の答だ。二五歳の一女性は「神出鬼没、不可能をたちまち可能に変えてゆく忍術使いは、だんだん無意識の底に沈んでゆこうとする原始的叫びの代弁者であった」といい、三三歳の家庭の主婦は「強きをくじき、弱きを助ける」を、四五歳の新聞記者は「奇想天外の空想力、オールマイティ的痛快さ、勧善懲悪」をあげ、四六歳の公務員は「僕の正義感と抵抗精神は大いに立川文庫のアンチ家康、打倒徳川幕府論に影響されていると思う。立川文庫で家康礼賛を読んだことがない。そのためか今でもタヌキオヤジが好きになれず、どうもかたよった見方をする」と告白しているくらいだ。さいごのアンケートは、「立川文庫」とそのなかのホープ猿飛佐助の人気の焦点をそのものズバリで語っている。

反権力、オールマイティな痛快さ、勧善懲悪、正義派のモラル、奔放自在な空想力、いずれも虚構のなかの英雄を支える重要なポイントである。猿飛佐助の魅力はそこぬけに明るいナンセンス性にあるが、同時に忍術をグロテスクな幻術から人間味豊かな可能性の領域へ移し植えた結果でもあることを忘れてはなるまい。この問題は足立巻一がはやくから指摘していた点である。

自来也、天竺徳兵衛、飛加藤などの妖術的な系譜に比較すると、石川五右衛門や服部半蔵はまだ人間味が感じられる。超自然の妖術のつかい手では、新時代の読者を満足させなくなり、近代的な性格を備えた人物が人気の中心を占めるのは当然のはなしだ。忍術の新解釈——合理的理解も、その一形式であろう。

ほんらい忍びの術とは、甲賀や伊賀の貧しい地侍たちが生き抜くために考えだした生活手段の一つにすぎない。階級分化が進むにつれて、持つものと持たないものの格差はいちじるしくなり、土地を持たない連中は遊芸人となって諸国を遍歴するか、さもなければ忍者として体術の習得にいそしみ、パンの糧をつくり出す以外には道がなかった。伊賀と甲賀では多少自然的環境が異なるが、国境によって分れているだけのことで、本質的なちがいがあるわけではなかろう。ただ、伊賀には下人と思われるものの名が多く残り、甲賀ではかなりな身分のものが忍者にまじっていたらしいことが特長の一つに数えられる。俗に甲賀五十三家といい、伊賀四十九流というが、流派のちがいはほとんどみられない。藤林長門守や百地三太夫の墓はのこっているが、それにしても伝説のとばりから抜け出してはくれないのだ。信長の天正伊賀攻めや、家康の加伏兎（かぶと）越えなどで、伊賀者の名前は歴史にも残っている。しかし忍術が話題になるのは、忍者が忍術そのものから離れ忍術の虚名だけをたよりに生きようとしはじめてからのことだろう。忍術の秘伝書なども、忍術の効用が低化してのちに一種の系図づくりとしてまとめられたものだと私は考えている。猿飛佐助の登場は、仁木弾正や天笠徳兵衛にはなかった人間性を忍術伝説につけ加えた。

信長が第二次の伊賀攻めで伊賀者音羽の城戸（人名）に狙撃されたと伝えられる敢国《あえくに》神社の境内

に、甲賀流忍者の開祖とされる甲賀三郎の祠跡がある。この甲賀三郎は、甲賀・伊賀にかけての伝説的英雄で、実在性はとぼしいが、それが有名な甲賀三郎伝説と結びつくだけにいろいろと興味を引き出される。伝えられる甲賀三郎譚は、信州諏訪を中心に、近江・常陸などにも残された一種の流離譚・末弟成功譚である。二人の兄のたくらみで蓼科山中にとじこめられた三郎が、地底の国(黄泉の国)を遍歴してのち、大蛇となって帰国する物語で、南北朝時代にすでに記録があるという。正保三年に出た浄瑠璃本「諏訪本家兼家」は地獄めぐりと結び合せてつくられ、それに玉藻前や百合若説話をミックスしてできたのが近松の作といわれる宝永元年の「甲賀三郎」だった。この本になると忍術に似た空想が加味され、甲賀流の開祖らしい表情が強くなってくる。また竹田出雲の「甲賀三郎窟物語」(享保二〇年)ではさらに技巧的に処理されている(足立巻一『忍術』、柳田国男「甲賀三郎の物語」参照)。

ところで甲賀三郎の地底巡歴は、流離譚の原形をなしていると思われるが、大衆文学にはその変形である漫遊記が意外に多い。諸国漫遊の形式は武者修業にはつきものだし、水戸黄門や松平長七郎の魅力も、多くは漫遊記のなかに仕組まれている。それはほとんど郷国から足を踏み出したことのない当時の民衆に新しい知識を提供しただけでなく、宗教的な意味をこめて語りつたえられた。「道」の意識には、交易路としてのそれ以外に、真理探求や人生欣求のための「道」が含まれている。道をたずねて遍歴する人びとのこころには、歩く道と求める道を一体化しようと願うメンタルな趣好があった。もっとも社会の閉鎖状況がくずれるにつれて「道」意識は解体してゆくが、日本人の精神構造にふるくからまといついているこの意識はそうかんたんにはなくなりそうにない。講談本の猿飛佐助も三年ほどのあいだ三好清海入道とともに西国漫遊に出ることになっている。本来武者修業に出る目的は見聞をひろめるだけでなく、困難にたえ、身心をきたえることにあった。それは武芸者はもちろん股旅者の場合も同様である。旅から旅の渡り鳥といわれる股旅やくざを主人公にした仁侠小説では断ったはったの世界がよく描かれるが、実際には旅がらすも生やさしい修行ではなく、禅坊主の旅以上に苦しかったものらしい。子母沢寛の「近世遊侠ばなし」によると、有名な親分衆はともかく、子分たちは堅苦しい作法に従ったむずかしい修業の連続で、酒を飲んだり、女とたわむれるなどという事はできず、いつも敵中の心構えでかたりと音がするたびに飛び起きて、寝るひまもないものだったという。七五人もの子分をひきいて諸国を渡り歩いた黒駒の勝蔵の気持などちょっと見当もつかない。

弥次喜多の膝栗毛は一種の観光文学だが、一方の極に芭蕉の「奥の細道」を据えてみると、日本人の「道」意識文学の見取図ができあがる。道中記、漫遊記、股旅日記などの大衆小説が読者にうけるのは、大衆の「道」意識がそこに影をとどめているからだろう。この問題を意識的に作品世界に導き入れたのは中里介山だった。「上求菩提、下化衆生」をモットーとした彼は「大菩薩峠」でそれを具象化し、みずから「カルマ曼陀羅の面影を大凡下の筆にうつし見ん」としたのであった。従って主人公机竜之助の遍歴する足取りは、そのまま業（ごう）を負って生きる人間の流転輪廻するすがたをうつしたものといえる。「花は散れども春はさく　鳥は古巣に帰れども　往きて帰らぬ死出の旅」と作中でお玉がうたう「間の山ぶし」が象徴的な意味をもつのはそのためだ。「道」の意識にコミュニケーション型とコミュニティ型があり、それを一体化して感じとるところから、大衆文学独得の道中ものが形成された。しかしおしのびものの漫遊記と、ギルト社会からも疎外されたやくざの股旅物語とでは、根本的に発想の方向がちがう。おしのびものは本質的には権力につながる連中のバカンス的ムードにすぎず、たとえ一時は無頼の徒にまじわり、桜吹雪の刺青をみせる遠山の金さんでも、一皮はげば熊八とは異なる世界の人たちなのだ。水戸黄門や早乙女主水之介が大衆にうけるのは、彼らが背負っている権力のせいではなく、社会的身分を抜きにして裸一貫の男と男のつきあいをはじめたときに限っている。「余は水戸光圀なるぞ」と権威風を吹かせた瞬間、大衆とは無縁の雲上人にもどってしまうのだ。「おしのびもの」に属する漫遊記が、つねに一回きりの会話をくりかえし、状況を局所的にしか改変しないのはそのせいであろう。

やくざものには佐藤忠男が定義したように孤独なヤクザとそうでない集団ヤクザがある。集団ヤクザは主として一定の土地にギルトをなして定着しており、孤独ヤクザは旅の渡り鳥となって各地を放浪する。国定忠治や清水次郎長は前者であり、鯉名の銀平や沓掛時次郎は後者に属する。股旅ものがばくち渡世の仁侠やくざを意味するようになったのは比較的新しく、股旅小説の出現以後の現象だといっていいかもしれない。街道すじを通しで雇われる人足たちを、雲助にたいして股旅といったのがおこりで、彼らはいずれも人入れ稼業の親分衆に上まえをはねられるのが普通だった。ばくち打ち（博徒）は街道筋や経済の要衝に多く発生した。これは尾佐竹猛が大正時代にすでに指摘したことだが、織物業の盛んな上州や甲州、海運に便な利根水域から、房総・清水・三河・伊勢、主要な交易路にあたる東海道・中山道・信州街道などの各宿場が彼らのホーム・グランドであった。特別な生活手段をもたない博徒たちは賭場のあがり（テラ銭）で生計を立て、その代償として旦那衆の手なぐさみを護衛する役割を引きうけた。いい縄張りを持っているボスはあがりも多く、それだけに権威も増すところから、この縄張りをめぐって喧嘩出入りが絶えない。××水滸伝とか××の血煙などという大衆小説好みな争いはそこから生まれてくる。

もっとも日ゼニを稼ぐことのできる街道筋というだけでは上州長脇差の物語は育たなかったかもしれない。たまたま関八州には天領・旗本領が多く、領土が細分化されているために、逃亡が比較的自由で、長の草鞋をはくこともそれほど困難でなかったという理由がある。のちに関東取締所（通称八州取締り）を設置したのは（文化二年）、その面の不備をおぎない、他領へ踏み入る権限を与えるためであった。たとえば長岡忠次郎（一般には忠治）の生地国定村は六四〇石取りの旗本領、賭博の本拠はその隣村で四〇七石取りの旗本がおさめていた。天保水滸伝で知られる飯岡の助五郎は高崎藩の分領で、銚子陣屋の支配地に住み、ライバルの笹川繁蔵は津藩の分領で諸家分知の複雑な土地だったという。余談だが、そんな土地で殺し合いがおこると本領の方へ出向かなくてはならなくなり、銚子から高崎まで呼び出しのたびに応じていると口が乾あがってしまうことになりかねない。ともかく以上のような条件に支えられて関八州、東海道筋など限られた地域に博徒の集団は組織された。

全国的に博徒の親分衆が勢力を持ちはじめるのは天保飢饉いごのことで、幕府の威信が弱まった結果だ。国定村の忠次郎などこの天保飢饉ぬきでは考えられない侠客である。上州は大地主が少ない上に代官など幕府の出先機関による搾取が激しく、農村の窮乏はひととおりではなかった。忠次郎が天保七年の飢饉に家宝にしていた備前国定の一振りを売払い難民の救済にあてたとか、上州岩鼻陣屋に押入って悪代官松田軍兵衛以下を斬ったという忠治伝説は、極端な窮乏のなかで培われたものだ。備前に国定などという刀工はいないし、岩鼻の代官所は国定村とは無関係だ。第一松田なにがしの名前が関東一円どこの代官にも見当らないという。しかし民衆は、国定村出身の彼をもじって刀工国定の一振りを救援カンパするというイメージをつくり出し、天保一三年秋に大戸の関所破りをしたことから岩鼻代官襲撃の一齣を思い描く。なにが忠次郎をこれほどまでに長脇差のホープとしたか、佐倉宗吾ばりの人気はどこからきたのか。大正期の知識人が、机竜之助の剣に解放感を抱いたように、天保期の庶民は国定忠次郎の関所破りに心から喝采を送ったのかもしれない。ついでにいえば佐倉宗五郎伝説にも、そのような傾向ははっきり焼きついている。

徳川期いらい義民のシンボルとして講談や劇に仕組まれ、語りつたえられてきた佐倉宗五郎も、実在の人物としてみるとはなはだ影がうすくなる。宗五郎らしい姿を文献に求めると、二百数十年まえの享保五年に書かれた「佐倉風土記」(磯部昌言編)に公津(神津)村の老農惣五が、無実の罪で磔刑にあい、城主をのろって死んだことから、そのたたりをおそれ、佐倉の将門明神の近くに祠を建てて霊をまつったという記載を発見できる。宗五郎が直訴したといわれる正保年間から七〇数年のちの記録だが、そのころすでに宗五伝説は農民のあいだにかなり流布していたものらしい。領主の堀田正信は後世の「義民伝」では、妻子もろともに宗五郎を処刑する残酷無比な主君となっているが、実際の正信は、三代将軍家光のころ松平信綱の治政を批判して、狂人あつかいをうけた大名だという。上からの狂人説と、下からの宗五怨霊説がミックスしてできたのが「佐倉義民伝」の結末——酒井石見守にたいする江戸城中刃傷事件——正信乱心の一齣なのだ。この段階での宗五伝説は怨霊物語であって、義民説話には発展していない。一説には宗五郎は旧領主千葉氏の旧臣の家柄で、彼らに手を焼いた堀田氏が旧臣の居住している村々の租税を引上げたのにたいして、宗五郎たちが蹶起し、江戸へ強訴したというのがある。近世実録全書「佐倉義民伝」の解説に紹介された説で、出典はあげていないがおそらく作者・製作年代ともに不詳の「地蔵堂通夜物語」に基づくと思われるが、将門明神の口の宮にまつられた宗五祠も、怨霊からではなく、堀田氏の鎮撫政策の一つだったというのだ。ともかくそれが義民宗五譚へ変質するのは、正徳元（一七一一）年に安房屋代藩におこったいわゆる「万石騒動」からである。この騒動は屋代一万石の領民六百名が増税反対を叫んで江戸へ押しかけ、ついにそれを撤回させた事件で、その結果屋代家は領地を没収された。この騒動が拡大する過程で老農惣五の怨霊伝説は、いつの間にか義民宗五郎へとつくりかえられて行った。おそらく農民たちはこの義民物語を口から口へと語りつたえながら、苛酷な圧制へのいかりをたしかめ合い、佐倉宗五郎の人間像に、彼らと共通した苦しみや哀しみを塗りこんで行ったにちがいない。

講談の種本である実録「佐倉義民伝」が完成したのは天保ごろのことで、その骨格はすでに百姓一揆の最初のたかまりを示した天明期にはできあがっていたものらしい。こうして佐倉宗五郎は百姓一揆のシンボル的存在となり、安政六(一八五九)年に信州伊那の南山地方におこった南山騒動では、今田村の猪兵衛などというオルグが講釈師に変装し、「佐倉義民伝」を村々にもちこんで大衆的行動の支えにしたと伝えられる。天保年間にこのんで「佐倉義民伝」を読んだのは講釈師石川一夢だった。浅草見附の或る釈場で宗五受刑のくだりを読んだおり、客のなかに佐倉の農民が四、五人まじっていて、お仕置の時見物人数万が押合いへし合い致し……と弁じるのは事情に合わない、実際は皆戸をとざして嘆き悲しみ念仏をとなえていたものだと不満を述べたというエピソードがのこっている。石川一夢の「義民伝」が迫真の芸だっただけにかえって彼らに不満をあたえたのかもしれないが、このエピソードでもわかるように、一夢が義民伝で人気を得た天保の末年には、すでに佐倉宗五は義民としてりっぱに庶民のあいだに生きていたことが証明される。一夢の講釈(だと思うが)をきいた劇作家西沢一鳳はそれを「斎藤吾桜花日記」に活かしたが、これは上演されず、嘉永四年に三世瀬川如皐が「東山桜荘子《ひがしやまさくらのそうし》」を江戸中村座で上演し一〇四日間のロングランをつづけたことから、宗五郎の人気は全国的になる。この「東山桜荘子」といい、のちの「桜荘子後日文談《さくらのそうしごじつぶんだん》」(黙阿弥)といい、いずれも大当りをとった理由は、三〇〇年近くつづいた徳川幕藩制の内部矛盾が激化し、農村の一揆がすみやかに都市貧民の暴動を触発するといった様相が、民衆のなかの宗五郎伝説をクローズアップさせたためであろう。

民衆は虚構のなかの英雄を育てるに際して、かならずしも作家を必要としない。書き手は民衆の創造のあとに従いながら、その独創を形に写せば良いのだ。国定村の長岡忠次郎を義侠の徒に仕あげたのも、佐倉村の名主惣五を義民としたのも、民衆のせつない祈りであろう。大衆文学に現れるさまざまな英雄は、民衆の願望をそのまま荷って登場する。

実在と虚構を問わず民衆のなかに生きつづける英雄たちの人気は一代で形成されたものではない。人気とは集団としての意志のあらわれだが、奈良本辰也はそうした集団の形成、民衆の形成の基礎を中世末期からの都市の発展に求め、歴史の人気者は近世封建社会の産物だといってさしつかえないと述べたことがある。たしかに封建時代の民衆が創造した人気者は息が長い。明治以後の官製の英雄は、八月一五日のハードルを越えられなくて、もたついているのが多い。とくに戦意昂揚の要請が生んだ安手の英雄たちは長つづきしない。それは民衆の願望と無関係に速製された結果であろう。彼らは好むタイプとそうでないものとを敏感にかぎわける。奈良本辰也は英雄の型を大きくつぎの五つに分けていた。第一は悲劇の英雄で義経・隆盛がこれに入り、第二は立身出世型で秀吉や紀文大尽、第三は抵抗の勇者とでもいったもので天草四郎から国定忠治までが入り、第四は非凡な力量をあらわすスーパーマン型で宮本武蔵や弁慶、そしてさいごに国民的指導者の坂本竜馬や吉田松陰だという。ここに挙げた英雄の諸タイプはそのまま虚構の世界にもあてはめることができるし、また同時に何が民衆の好むタイプかという問にたいする答としても通用する。滅びゆくものにたいする愛惜は判官ビイキの意識を育て、権力への抵抗は常に超人待望と結びつき、未来への夢をかきたてるが、その裏側に庶民の出世欲がうずいていることも見おとせない。本来なら大衆の理想的な英雄像は、国民的指導者のそれでなくてはおかしい。しかし日本には、このようなすぐれた英雄は不幸にして登場しなかった。一人のワシントンもまたナポレオンも私たちは持つことがなかった。そのために民族を代表する指導的英雄像は、いつも剣のスーパーマンや敗者のエレジーにとってかわられ、片隅の存在におしやられてしまう。民衆は血のかよった人物としか交流をもたない。偶像化された存在は、民衆と交す言葉を失なってしまったといってよかろう。彼らはその非力を痛感するだけに、そこに彼らの願望をそのまま荷った分身を用意するのだ。ささやかな事蹟をいとぐちにして、彼らはその夢をつむぎはじめる。人物の像は人から人へ、口から口へと伝わるうちに、それぞれの祈りに似せてつくりなおされ、民衆の個性とでもいった表情を植付けられる。こうしていったん創り出された英雄たちは、大衆のなかに生き、大衆とともに歩みだす。虚構のなかの英雄とは、大衆の社会的願望が新たに形象化されたもののことだ。野村胡堂もいうように半七やむっつり右門などの大衆文学の英雄たちは、「在りと信ずる人には実在し、無いと観ずる人には架空の人物」なのである。彼らは大衆の欲求をみたす何らかの条件を備えている。

この章の冒頭に書いたグラムシの言葉をもう一度引用しよう。

「作者の名前や個性はどうでもよいので、問題は主人公になる人間だ。これが、大衆小説にたいする大衆的読者層の、もっとも特徴的な態度の一つである。大衆文学のヒーローたちは、いったん大衆の知的生活のなかに入りこんでしまうと、その〈文学的な〉出生をはなれて、れっきとした歴史上の人物になってしまう。誕生から死まで、かれらの全生涯が興味をひく。このことから、たとえとってつけたようなものであろうと、〈続編〉が成功するわけがわかる。つまり、その型の最初の創造者が、その作品のなかでヒーローを死なせてしまうと、〈続編作者〉がまたかれを生きかえらせて読者を満足させ、読者は新しい情熱を感じ、イメージを新たにし、提供された新しい素材でそれをひきのばす、ということがおこりうるのだ。〈歴史上の人物〉という場合に、もちろん文字どおりの意味にとれるときもあるけれども、かならずしも文字どおりの意味にとらないでほしい。大衆読者のなかには、過去の歴史の実際の世界と、空想の世界とを区別できない人びとがある。かれらは、まるでかつて生きた人物について論じるように、作中の登場人物について論じるであろう。しかし、それは、空想の世界が、大衆の知的生活のなかで、特殊的・寓話的な具体性を獲得することを理解するための、比喩的な方法なのである。」(藤沢道郎訳)

5　もう一つの修羅を

大衆文学の主人公たちが個性的であるよりまえに、まず大衆の願望をみたしそれを形象化したものであったことにすでに触れた。歴史のなかに理想の人物が存在する場合には問題はない。だが適当な人物を発見できないとなると、大衆はその代価物を用意する。実在から虚構化するか、或るいはもともと虚構の世界に造型するかのちがいはあっても、彼らの理想とする主人公たちが、いつの時代にも必要とされたことは事実であろう。一つの事柄が間接、直接の体験者たちによって記録され、語られ、口から口へ伝承されてゆくうちに、それが第三者の手で実録本にまとまる。実録本に基づいて講談ができる。歌舞伎に上演される。いったん歌舞伎や講談などに吸いあげられ、起承転結のはっきりした因果話につくり上げられると、今度はそれが話の中核をなし、そこに別の新しい虚構が加わりはじめる。そしてふたたび大衆の手もとに送り返されると、そこでまた大衆の創意が働き構成なり筋なりに変化が生まれる。話芸の名人たちはその新しい要求に、いち早く答えることでつぎつぎと別の境地を拓いてゆくわけだ。大衆文学はそれを活字メディアに定着したスタイルにすぎない。

この章では大衆文学の問題を、それに先行する話芸伝統との関連で考えてみよう。「講談は……決して一人の創作と云うことが出来ない。神（自然）と噂さずきな大衆との合作である。大衆の嗜好の交響楽である。その中には実にみんなの好みが織りこまれている。この故に最も広い範囲の人の胸に訴え得るのである」と書いたのは木村毅だ。彼は「あらゆる階級、あらゆる社会層の人に取っておもしろくて、喜んで耽読されていた」故に、講談は「理想的な大衆文学」であったという。講談が理想的な大衆文学だったかどうかは速断できないが、少なくとも大衆文学と同様な機能を、過去において果してきたことは疑えない。講談は大衆文学の無限の宝庫であった。「新講談」「読物文芸」の段階を経て成立した大衆文学は、大衆の好みに答えるために、まずこの宝庫から多くの素材をえらび出し、講談の民衆的な方法に学ぼうとした。その結果封建的なロマンチシズムが体質改善されないままで持ち込まれてしまうが、しかしその問題についてはあとで触れよう。

花田清輝の評論に「もう一つの修羅」というのがある。そのモチーフを具象化したエッセイ風な小説が『鳥獣戯話』（昭和三七年二月・講談社）だ。これは一種の大衆芸能論で、話芸成立の本質論みたいなものとして私には読みとれた。

「修羅という言葉から、さっそく、いくさを連想し、鉦、太鼓、法螺貝、鬨の声、馬蹄のひびき、鉄砲の音などを、そら耳にきき、槍、なぎなた、刀のひらめきなどをまぼろしにみるのは、生涯の大半を戦場ですごした戦国武士にとってはきわめて自然であろうが――しかし、この世の中には武士ばかりがいたわけではなく、かえって、ほんとうの修羅は――いや、ほんとうというのがいいすぎなら、もう一つの修羅といいなおしてもいいが――案外、舌さき三寸で生きていた口舌の徒のあいだにみいだされる。こちらもまた、鉦、太鼓、笛、三味線にはやされて、なにやら賑やかで、騒々しいところは、いくさに似ていたが――いや、似ていたどころか、それもまた、れっきとしたいくさにちがいなかったが、燈火のかがやきわたるところ、着かざった女たちにとりまかれ、脂粉の香のただよい、さかずきの飛びかうなかで、パッ、パッ、パッと、機智にとんだ、とっさの応酬を試みるのが、つまるところ、もう一つの修羅の在りかただったのである。」

なかながと引用したが、話芸の伝統を「もう一つの修羅」としてとらえた花田の説は、大衆文学と話芸伝統との歴史的交渉を考える上で示唆にとむ提言であった。サムライや軍人は武器をもっている。しかし、一般の大衆は抵抗の武器をもたない。一五八八年の〈刀狩り〉いらい日本の大衆は刀、槍、鉄砲などを所持することを厳しく制限されてきた。大衆は直接的な武器を奪われたかわりに舌と筆をもって「もう一つの修羅」を生きたというのが彼の説の骨子であった。お伽衆や同胞衆などからはじまる民衆芸術の歴史には、たしかに非暴力の伝統が流れている。その祖先のなかにはみずから剣をすてて口舌の徒を志した勇敢なサムライたちもまじっていた。講談の開祖といわれる赤松法印や、落語の始祖、安楽庵策伝は、この「もう一つの修羅」をはげしく生き、怒りを秘めた人間絵図を舌さき三寸に展開した人たちだったというべきだろう。

飛騨高山城主金森長近の弟として生まれた策伝は、九〇年ちかい生涯の大半を戦国動乱の時期に過ごした。京都所司代板倉重宗のたのみで「醒睡笑」を執筆した彼は、僧侶としても最高の地位を占め、また古田織部正に学んだ茶人としても知られていた。策伝の実兄金森長近や師古田織部正が、ともに秀吉の御咄衆であったように、策伝が諸侯から招かれたのも茶道に秀でていたためばかりではなかった。『醒睡笑』八巻はそのおりに彼が聴かせた咄の集大成である。策伝と関係の深かった誓願寺は、説教をとおして殿上人や諸大名と民衆を結ぶ媒体の役割を果していた。お伽衆たちは、権力者を慰める顔を見せながら実は、応仁の乱いらい喪われていた笑——もう一つの修羅をさぐろうとしていたわけだ。

一方講談は、慶長のころ赤松法印が家康の前で「源平盛衰記」や「太平記」を講じたのがはじまりだという。この人物についてはよく知らないが、或るいはお伽衆の系列につながる人だったかもしれない。それより前に、戦国浪人たちが合力のために軍書を講釈した話がつたえられている。後藤又兵衛が生魂神社の境内でヨロイカブトに身をかため、自慢の鉄扇を手にして戦場体験談を語ったという俗説などはその一例だろう。これは一種の就職運動であった。玄武門一番乗りの原田重吉がのちにその武勇伝を売物にしたのと大差はない。しかし辻に立って軍談を語っているうちに、いつとなしに民衆の要求にそった改変が加わり、聞き手の「修羅」意識を昂めたことは想像される。ここで興味があるのは、講談・落語といった話芸が、成立の当初からすでに権力者の要求に答える顔をしめしながら、民衆の願いに即応してゆく姿だ。「もう一つの修羅」を生きる特権は民衆の側にしか存在しない。だが時代の権力者たちは直接的な抵抗の武器を奪っただけでは満足せず、さらに間接的な手段である「もう一つの修羅」までもつぶそうとする。大衆芸能——文化——文学の歴史は、この「もう一つの修羅」をめぐる支配・被支配の相剋図だともいえるわけだ。

徳川幕府は「国づくり、人づくり」に有効な講釈にたいしては奨励策をとり、東照神君の権威を傷つけるような性質のものには厳しい制限を課した。しかし大阪攻めのくだりを読んで家康の行為を罵倒し、「狸じじい」と叫んで講席から姿をくらました講談師もいたというし、このんで社会の暗黒面をとりあげ諸大名の家政を講じた成田寿仙や、幕府の裁判批判を行なって死刑になった馬場文耕という有名な人物などもいる。もっともなかには「三河後風土記」や「味方（三方）原軍記」を講釈して心証を良くし、大名旗本の家系を調べて、その祖先の武勲を誇大に話す抜け目のない講釈師もいなかったわけではない。このような連中はいずれも辻講釈よりもお座敷を主に勤めた。つまり民衆とのコミュニケーションをみずから断った人たちなのだ。時代が下るにつれて主人もちの講釈師は、タイコモチ同様の存在と化していった。

江戸に公許の講釈場ができたのが元禄の末、それが寄席に定着するのは寛政の初めごろで、文耕の流れをひく森川馬谷によって内容・形式ともに整備された。さらにそれまでの棒読みスタイルを改め、登場人物の性格を言葉で仕分ける対話形式が考案されて、講釈は「釈」から「講」へ、やがては「演」へと変貌してゆく。それにともなって名君武将の英雄譚は市井の俠客や白浪ものなど、いわゆる世話・生世話物に席をゆずり、軍記読みは前座芸に追いやられてしまう。化政度の庶民文化の爛熟が、このような変化をまねいたことはいうまでもない。そうした風潮にさからった人に伊東燕晋（伊東派の祖）がいる。彼は「曽我物語」「川中島軍記」「源平盛衰記」「三国志」のほかは読まず、つねに羽織袴を穿いて講釈し、読みおわると丁重な挨拶をしたと伝えられる。彼は文化三（一八〇六）年と五年に十一代将軍家斉のまえで御前講演を行なった。そのおりレパトリに「味方原軍記」を持ち出して将軍から一本とったというエピソードなど、さすが「もう一つの修羅」を生きた講釈師だけあってなみの保守反動派とはちがっている。関根黙庵の『講談落語今昔譚』（雄山閣刊）によると、乞食頭山本仁太夫、非人頭車善七らの支配下から、寄席を独立させ、寄席に高座を常設する官許を得たのは、いずれも燕晋の功績だという。この燕晋と対極をなすのは塚田太琉を名乗った初代の桃林亭東玉だ。彼は或る時門人のなにがしにむかって「同業のなかには講釈師は芸人ではないなど、身分も一格ちがうようにうぬぼれているものがあるが、心得ちがいさ。講釈は芸の一つなんだからまずおもしろくなくちゃいけない。お客さんに名人だ上手だとほめられるようになれば、追々と客足は減るものと思わなくてはならない。とかくおもしろいといわれるように心がけるのが第一だ」と語ったという。軍書講談をやるわれわれは、たとえ階級はいやしくとも、語る内容は高邁なものだとして、軽佻に流れる講釈に歯どめをくれようとする燕晋も、おもしろさこそ大衆に奉仕する芸人の第一の使命だと説く東玉も、その限りにおいてはあやまっていない。しかし大衆芸能の理想とするところは、燕晋の〈提高〉と東玉の〈普及〉の有機的統一にあるのではあるまいか。燕晋と東玉がしめした見解の相違は、現在の大衆文学にとっても無視できない古くて新しい問題なのである。

講談にたいするこのような見解のちがいが生まれたのは、全盛期にあたる文化・文政ごろのことだが、天保いごになると燕晋のような考えは無視され、講釈師の風儀も地におち、どてらに三尺帯をしめて高座に現れるなどという傾向がいちじるしくなった。

講談の常席が誕生するのは、前にも述べたとおり寛政の初めごろのことだが、落語のほうもほとんどそれと前後して寄席興行をはじめている。寛政一〇（一七九八）年六月に岡本万作が神田豊島町の藁店で〈頓作軽口噺〉の看板を掲げ、入場料をとって興行したのが最初といわれる。その対抗馬が三生亭花楽、のちの三笑亭可楽だ。それまでの焉馬の落し噺の会は狂歌社中による同好の士の集りにすぎなかったが、可楽はそれを大衆の場へ導き、本格的な寄席興行の基礎を築いた。とくに客席と高座を結ぶ「三題噺」の新趣好は、彼の庶民性を象徴したものだった。落語中興の祖といわれた立川焉馬は大工の棟梁出身だったが、ついにさいごまで趣味人の範囲から抜け出せず、寄席興行を主とした可楽と明らかに一線を劃している。この焉馬と可楽をへだてる一線は、世代の差というよりむしろ階層のひらきとみるべきで、前者が中流町人層に属していたのに反して、可楽はしがない櫛職人の出身だった結果である。寛政期を境いに、中流町人層の文化的発言と並行して、より低い下層民衆が文化の表面に進出してくる。彼らは立川焉馬や石井宗叔らのお座敷噺とは無縁の衆生だったが、経済的な発展と都市文化の高揚普及につれて、旦那芸的な享受から、大量伝達の方法へと態勢を推し進めていったわけである。寄席興行の成立はその端的な現れであろう。（寄席が経営的にも成り立つようになるのは文化年間いごとされている。）前にも引用した関根黙庵の著書によると、寄席の数は文化一二年に七五軒、文政の末年に一二五軒、天保年間に入ると、水野忠邦の改革で三〇年来のもの一五を残して取潰しになるが、弘化元年の冬には寄席営業の制限がゆるみ、翌年にはなんと七〇〇余に急増したという。

講談・落語はともに下層町人層の進出によって飛躍的に発展したが、江戸時代の戯作文学にも同様な変化を読むことができる。つまり寛政改革を境に旗本・御家人などの文化的グループの余技としての洒落本、黄表紙が、完全に商品化し、娯楽品として独立する人情本・滑稽本・合巻ものなどに変って行く傾向である。それを支えた層は「通」人趣味をうけつけず、ストーリー中心の話を好み、勧善懲悪の単純明快なモラルを求めて新しい庶民文化の華をひらいた。しかしその通俗性は幕末期に近づくにつれて、やがて低俗性、卑俗性へと変ってゆく。

ここで一足飛びに泥棒伯円や三遊亭円朝の時代に眼を移そう。

不世出の名人といわれた円朝が、江戸落語を集大成するとともに新時代へ架橋したように、泥棒の異名をとった二代目伯円も、江戸最終の講釈師でありながら、また新時代の講談を身をもって開拓した人物であった。それだけにこの二人の成長をたどってみると、近世から近代への推移が典型的なものとしてわかってくる。明治と改元されたとき円朝は数えで三〇歳、伯円は八ツ年上の三八歳だった。

伯円はもと常陸国下館の藩士で、郡奉行も勤めた手島助之進の四男、本名達弥といった。父が浪人してからは各地を流浪したが、一一歳のおり江州彦根井伊家の家中で画家として知られた向谷源治(石谿)の養子となり、江戸八丁堀の井伊家下屋敷に住まった。しかし武芸学問をいとい、家人の眼を盗んで釈場通いをはじめ、養家を勘当されたことをきっかけに、初代伊東潮花の門に入った。家を出るときにはぶっ裂き羽織に馬乗り袴、大小を腰にさした立派なサムライだが、途中で着換えて釈場へ通い、前座にまじって立ち働いた。もともと「もう一つの修羅」を生きるべく宿命づけられた男なのだろう。彼が持前の才気と創意を生かして、しだいと売り出してゆくのは、二代目馬琴の弟子となってからだ。とくに初代伯円に見こまれて養子となり二代目を襲名してからの彼は、初代そっくりの読み口で世話ものを得意とし、「天保六花撰」「鼠小僧」「安政三組盃」「佃の白浪」など七〇余種の新作を手がけ、明治になると新聞ネタに取材したきわ物に新分野を拓いた。巾着切文車と並んで〈泥棒伯円〉と称されるのは、白浪ものに人気があったためである。

とくに「安政三組盃」は世話講談のなかでも代表的な作品で、鈴木藤吉郎や津の国屋小染の名とともになつかしい逸品だ。鈴木藤吉郎はもともと実在の人物で、非常な才幹であったところから幕府の潤沢係りに抜擢された。潤沢係りというのは現在の東京都土木課長とでもいった役職で、土木事業に止まらずひろく物価調節に当っていた関係上、彼もいつか金銭に眼がくらみ、収賄罪で密告され、未決中に牢死してしまった(一服盛られたという説もある)。伯円はこの事件のほとぼりがさめないうちに脚色し、高座へかけた。それが今日伝えられる津の国屋小染をめぐる上野輪王寺の宮侍杉田大蔵と、与力上席の藤吉郎の色模様である。現在の桜洲がやるものでは、どうかおぼえがないが、オリジナルでは藤吉郎は出羽国紫村の特殊部落出身となっていた。このような設定を、階級圧迫のはげしい封建社会にたいする伯円の批判として、伊藤痴遊（初代）はほめていた記憶があるが、武士階級出身の伯円には言葉にならない憤懣がうずいていたことであろう。藤吉郎と縁つづきにあたる人が、藤吉郎を部落出身者に虚構化したことを怒り、森鷗外を訪問して「安政三組盃弁妄」を示したのがもとで、考証史伝「鈴木藤吉郎」（〈大毎・東日〉大正六年九月）が発表されたこともある。この「安政三組盃」は、のちに円朝の「牡丹燈籠」と並んで、若林玵蔵の手で速記にまとめられた（明治一八年）。

伯円が武士階級の出身だったように、円朝も庶腹とはいえ、加賀大聖寺藩士の血筋をひいている。幼時を過ごした葛飾近在の農家の気風が忘れられず、堅苦しい武家の生活をきらって出奔し、二代目三遊亭円生の弟子となった円朝の父出淵長蔵の履歴は、ふしぎに伯円の行動と似通ったところがある。円朝はこの長蔵こと橘屋円太郎の二男として、江戸湯島切通しに生まれた。高座をつとめたはじめは、数え年七歳のおり。二つ目が一一歳、場末で真を打ったのが一七歳（この年円朝を名乗る）、二〇歳のときには鳴物入りの芝居噺をはじめた。翌年春に師匠の円生をスケに頼み、池の端に近い寄席「吹ぬき」で正式に看板をかけた。このおり師匠の円生からいじわるをされ、新作「累ケ淵後日怪談」の口演に踏み切る話はよく知られている。

円朝には文化史的にいって三つの転機があった。一つは鳴物入りの芝居噺をはじめたこと（二〇歳）、ついでこの芝居噺をあきらめ、扇一本の素ばなしに転向したこと（三一或るいは三四歳）、さ

『粋興奇人伝』所載の円朝像

いごに自作の人情噺を若林玵蔵、酒井昇造の速記にまとめ、東京稗史出版会社から刊行したこと（四六歳）の三つがそれぞれの転機を形づくっている。このことは円朝という庶民の芸術家が、独創的でしかも時勢を見抜くすぐれた洞察力の持主だったことを証明する。彼はその時代の民衆とともに、成長し、伝達の方法に思い切った改変を加えながら、新しく脱皮してゆくのだ。彼の芸風の変貌には、民衆が要求する娯楽（享受）の形態の変化が、微妙に反映している。円朝が道具仕立ての芝居噺をはじめた動機に、大師匠にあたる初代三遊亭円生の芸風に学ぼうとする欲求がなかったとは思えない。当時の落語界は、柳派がはぶりをきかした時代で、三遊派は初代円生の没後、二代目円生の人格的な欠点もあって、人情噺の名人といわれた志ん生なども寄りつかず、三遊派の落陽の影は、末席にいる円朝にも身に沁みて感じられたのであろう。三遊派復興の夢は、若い円朝の胸に強い自覚をわき立たせた。初代円生は円朝が誕生する前に故人となっていたが、わずかに伝説化されてつたわる大師匠の芝居噺のうまさは、彼をとらえてはなさなかった。三月二一日の命日にかかさず大師匠の墓へ詣り、三遊派再興の誓いを新たにしていた円朝が芝居噺を演じてみたいと思ったとしても無理はないわけである。芝居噺には正本仕立てのものと、落語芝居噺の二通りあるが、円朝のそれは初代円生の創案した鳴物入りの芝居噺に、金原亭馬生の道具がかりの芝居噺、林屋正蔵の道具がかりの怪談噺などをたくみにつきあわせ、その利点をうまく生かして集大成したものだといわれる。

当時芝居のもっていた人気は、今日のプロ野球の熱狂に匹敵したようだが、天保改革いらい芝居は猿若三座に限られて、一般の民衆には手のとどかない存在であった。その雰囲気を手近かな寄席でたのしめるとすればこれほどうってつけの娯楽場はない。円朝はその試みが受けたと知ると、さらに大がかりな道具を使い、夏などは高座前に池をつくり、クライマックスに到るとその池にとびこんで早変りをやる新趣好までみせた。円朝の派手な演出は、伝統的な芸をたのしんできた通人や、先輩格の落語家のあいだでは評判が悪かったが、市井の貧しい人からは予想外に歓迎され、銀杏マゲのはけ先を小粋にチョイとはねたスタイルが、円朝マゲとして一時流行したほどである。しかし芝居がかりのはなしで受ける人気は婦女子対手のものにすぎず、話芸の伝統からいえば邪道にちがいなかった。もしも彼がその次元にいつまでも踏み止まっていたら、おそらく円朝の名前はステテコの円遊ほどにも残らなかったであろう。彼がその状態から脱出するのは、明治の変革によってである。改元されて間もなく弟子の円楽に円生を継がせ、それまで使っていた道具一式をすっかり譲りわたしてしまった。この時期は明治二年ともいい、明治五年ともいわれて一定しない。いずれにしても円期の素ばなしへの転向は、明治政府の寄席取締令(或るいはそれが布告されるような情勢)と無関係ではなかったように思われる。

明治二年七月には角界の力士と、東京の寄席芸人、歌舞伎役者に鑑礼が渡り、一〇月五日には寄席取締りに関する布告が出て、「音曲物まね」「歌舞伎同様の所作」などは寄席で上演できないことになった(関根黙庵の前掲書による)。もっとも禁令そのものは間もなく取消しになった模様で、芝居噺も以前とかわらぬ状態に復活するが、このことは円朝に何かを感じさせるきっかけをあたえたであろう。

明治五年になると五月には神祇省に代って置かれた教部省から、有名な〈教条三則〉が発表された。〈三条の教憲〉ともいわれるこの布告は、もともと新時代の指導原理として、神官たちに通達されたものであったが、寄席芸はもとよりいっさいの歌舞音曲を教部省が掌握したために、芸能界にたいする統制の役割をも果した。

一、敬神愛国ノ旨ヲ体スベキコト
一、天地人道ヲ明カニスベキコト

一、皇上ヲ奉戴シ朝旨ヲ遵守セシムベキコト

これが三則の内容だが翌六年には内容を説明した十一兼題（神徳皇恩、人魂不死、天神造化、顕幽分界、愛国、神祭、鎮魂、君臣、父子、夫婦、大祓）、十七兼題（皇国国体、皇政一新、道不可変、制可随時、人異禽獣、不可不教、不可不学、外国交際、権利義務、役心役形、政体各種、文明開化、律法沿革、国治民法、富国強兵、和税賦役、産物制物）が発布された。五月二五日附の東京日日新聞によると、猿若三座の大夫元、狂言作者、義太夫節、豊後・新内の家元、或るいは琴を調の盲人まで教部省へ呼び出され、啓蒙教化事業に協力するよう求められている。さらに明治政府は教部省を通して芸能各界から由来書を提出させた。なにしろ役人に呼ばれるのは罰をうけるときだけといった経験しか持ち合わさない連中が、一人前の人間あつかいをされたわけだから、ありがたいやらなにやらで、しばらく芸能界は蜂の巣をつついたような有様だったらしい。なかにはいちはやく時世に便乗するものも現れた。明治五年七月発行の「日要新聞」第三四号には、本町三丁目に住む一講談師の教部省への建言が掲載されている。

「軍談の発起は元禄年中赤松清左衛門と申すもの、太平記、古戦記録、忠孝物語等勧懲の亀鑑ともなるべき物を諸人に講談せしより起原して、その門流四方に派出して少しは名教の補助とも相成しに、近来講談風子妄慢の弊をなし、博徒の横行、淫婦の醜態または怪談浮説を陳説し、阿諛よろこびをとり、聴者をして徒に妄念を生じ横行を悪ませるに至る。加之高家の子弟を誘して門人に引入る類、遊惰の徒すくなからず、実に風俗を乱し宜しからず。伏て願ば員数御取調の上妄

説を禁絶し、今古勤王諸将の伝、または西洋歴史訳本すべて忠孝物語など教名の一端とも相なり候たぐいを講談し、試業の上未熟の者は旧業に復し、商人の子弟講談家となるをも禁ぜられ候はば除弊の一端と存じ奉り候……」

この騒ぎは戯作文学にも及んだ。仮名垣魯文は条野伝平と連名で同年七月に教部省に書面を提出、「オソレナガラ教則三条ノ御趣旨ニモトヅキ著作仕ツル可キト商議決定仕ツリ候」と、ひたすら恭順の意を示し政府の方針に全面的に従うことを誓った。それまで出版業者やパトロンに寄生してきた戯作者たちは、徳川封建制の崩壊によってパトロン自体が方向を見失ったことのためにいっそう激しい混迷のなかにつき陥されたが、明治五年の教条三則には、死地に活を得たよろこびであった。彼らは新しいパトロンとして明治政府を見つけたつもりだったのであろう。魯文の転身は他の戯作者よりも一馬身抜いていたようだ。彼は教憲の趣旨を啓蒙するために地方を遊説し、その精神にのっとった戯作の執筆にとりかかっている（これはいずれも成功しなかった）。魯文が明治六年七月に福沢諭吉の『世界国尽』を模してつくった「三則教の捷径」などをみても、はたしてどれだけ戯作者が三則の精神に従順であったか疑わしい。彼らにとって要はバスに乗りおくれまいとする願いだけであった。

明治五年八月には芝居興行に観覧税が課せられ、その見返りとして、九月には猿若三座にたいする制限が解かれた。円朝のやっていた芝居噺は、こうして少しずつ存在理由を失ってゆく。

教部省では教憲の趣旨を徹底させるため民間の有識者や宗教家のほかに、戯作者・講釈師などまで教導職に任じた。教導職が設置されたのは明治六年四月のことだ。明治四年ごろすでに「コロンブス伝」や「世界一周オチリヤ草紙」などという翻案（と思われる）ものを演題に掲げた二代目伯円は、この教憲の発令に呼応して積極的に動いた。彼は教導職に任じられると、講談家一同に呼びかけ、浅草で「国民精神振興講談大会」を開いている。諸新聞の社会・政治記事、菊池容斎の「前賢故実」、或るいは忠臣孝子列伝といった題目で、伯円ほか四五人の講談家が、浅草寺境内で説教をやった。山県大弐や藤井右門などの活躍する新作「明和三幅対」などもこの頃のものといわれている。

円朝は素ばなしに転じただけでなく、毎日の新聞から材をとって噺をした。明治七年一二月二三日附の東京日日新聞には朝野新聞から題材をとった円朝の噺が評判になっていたことについての記載がある。それに反して伯円はもっぱら報知新聞に取材し講談をまとめた。報知新聞系の文士連が伯円の後援者となり、材料の供給から用語の解説まで立入った世話をしたのも、そのような因縁からはじまったものだろう。伯円は芸風に工夫を加えることをおこたらず、福沢諭吉の演説会を傍聴してからは、高座の釈台を廃し、テーブルと椅子を用いたといわれる。新聞伯円と別称されたのはそのためだ。しかし彼は若い民権論者藤田茂吉の「文明東漸史」にヒントを得てまとめた「高野長英夢物語」をききにくる連中と、白浪ものに心酔する客とを絶対に混同することはなかった。前席に「近代史略」を、後席に「鼠小僧」を読んで、性格のちがう聴衆の、異なった要求にそれぞれ満足をあたえている。伯円のえらさは、伊東燕晋と桃林亭東玉の傾向をふたつながらその芸域に生か

松林伯円の童蒙演説（宮武外骨『明治演説史』より）

したところにあった。しかしはじめのころは水と油のまま味のちがった講談をつくっていたことも事実らしい。

話が少し話芸の問題につきすぎたようだ。「もう一つの修羅」へ話をもどすとしよう。かつて諸大名につかえたお伽衆や御咄衆たちは、権力者の意嚮に従うことを装いながら、民衆だけに許される「もう一つの修羅」を生きることに成功した。また太平記読みの釈師たちも権威追従の仮面の下で、赤い舌を出していたものだ。しかしいつの時代にもバスに乗りおくれまいとしてみにくいあがき方をくりかえす人はいる。「もう一つの修羅」まで奪おうとする支配層は、そのような人間の出現を首を長くしてまっているわけである。教導職に任じられた天下の御記録読みが、明治教学思想普及のお先棒をかつぎ、神職の服装を借りて高座にのぼったとき、「もう一つの修羅」は懸崖に位置していたともいえる。教導職にならなかった円朝もそのモラルを「塩原多助一代記」の形象化に生かしている。この忠孝美談がのちに明治天皇の前で口演され、修身教科書に掲載された事実は（明治二五年刊の重野安繹編『尋常小学修身』Ⅰと大和田建樹編『尋常小学修身訓』Ⅱ）、そのことを裏書きしてくれる。伯円は明治一九年に鍋島邸で、円朝は二四年に井上馨邸でそれぞれ御前講演を行なったことがある。そのこと自体は少しも非難される筋合いのものではない。むしろ話芸の社会的地位をたかめることにプラスしたというべきだろう。しかし彼らの個人的な意識とは無関係にその事柄が及ぼす社会的影響は、重大なものをふくんでいた。彼らが額に汗して明治天皇の前で一席つとめているとき、その心に秘められた「修羅」は果してどう応答したであろうか。

三条の教憲は当局の大童わな宣伝にもかかわらず民衆のなかに浸透しなかった。そして教部省自体、明治一〇年一月には廃止されてしまう。だがそこに示された「国づくり」のモラルはすこしも修正されず、天皇制支配の確立とともに強化されていった。明治一二年の教学大旨、一三年の教育用図書の統制、一四年の小学校教員心得、小学校教則綱領、学校教員品行検定規則の公布、一五年の『幼学綱要』の発表など一連の教育に関する統制策は、単に教条三則の延長とみるより、自由民権運動の激化におそれをなした政府の強圧とみるべきだろう、為政者は、講釈師や戯作者たちを利用して啓蒙するなどというまどろっこしい手段を一擲し、教育政策の急転換を策していたのだ。

芝居噺から素ばなしに転じたことは、円朝自身に芸のふかまりを自覚させたであろうが、大衆文化の歴史からいえば、それは寄席芸からより広い伝達の方法へと形式をあらためてゆく一階梯であった。芸の上での純粋化のコースは、新しいマス・メディアへ向かっての一歩接近だったと思われる。明治一七年に出版された速記本『牡丹燈籠』は、彼の芸が活字文化へ転生する重要なモメントとなった。円朝は若林玵蔵たちから速記の交渉をうけたおり、或る程度時代の方向を見通していたものと思われる。

「明治十七年には京橋の稗史出版会社の中尾某、近藤某の両氏が来て、三遊亭円朝の人情話を其儘速記したら面白いものが出来るだろうから、速記して貰いたいという依頼であった。……円朝には稗史出版会社から交渉したところ、承諾を得たので、当時、円朝の出席する人形町の寄席末広亭へ毎夜通って、速記することにした。円朝の人情話は十五日間に一種の話を纒めることになって居るから、円朝も十五日間欠かさず出席し、こちらも欠席しないことに約した。やがて、末広の楽屋で話すのを書いた。それが、彼の得意な『牡丹燈籠』であった。……『牡丹燈籠』は一席を一回とし、毎土曜日に発行したところ、『円朝の牡丹燈籠』で十分売込んであるのを話の儘に読めるということが評判になって、雑誌は非常な売行であった。『牡丹燈籠』の雑誌の表紙にも、裏面にも、速記文字で書いたものを掲載したから、速記の広告にもなった。円朝の話は速記によって世間に紹介され、速記は円朝の話によって紹介された結果を得たのである。」（若翁自伝）

明治一五、六年ごろは、寄席の統制が厳しくなった関係もあって、芸界は不況つづきであった。円朝が速記を許したのは、その状況をなんとか打開したかったのかもしれない。明治五年に学制がしかれて十数年、ようやく新制度で教育をうけた青少年層が社会に巣立ってきた。口語文による新文学の創造は、このような社会的基盤にたってはじめて理解される。

『牡丹燈籠』は定価七銭五厘で、毎土曜日ごとに発売され、非常な売れ行きをしめした。若林は、つづいて『英国孝子之伝』『塩原多助一代記』『業平文治漂流奇談』を、彼の主宰する速記法研究会から出版し、なかでも『塩原多助』は一二万部を売りつくしたという。またやまと新聞の創刊号（明治一九年一〇月）から、条野採菊（伝平）のすすめで「松操《まつのみさお》美人の生埋」を連載、一二月には「蝦夷《えぞ》錦《にしき》古郷《こきようの》家土産《いえづと》」、翌年三月からは「月謡荻江一節《つきにうたうおぎえのひとふし》」といった調子で、講談の新聞掲載に先鞭をつけた。

ところで『牡丹燈籠』には坪内逍遙が序文を書いている。

「此ごろ怪談師三遊亭の叟《おじ》が口演《くえん》せる牡丹燈籠となん呼做したる仮作譚《つくりものがたり》を速記という法を用いてそのまま謄写《うつ》しとりて草紙となしたるを見侍るに通篇俚言俗語の語のみを用いてさまで華あるものとも覚えぬものから句ごと文ごとにうたた活動する趣ありて……ほとほと真の事とも想われ仮作ものとは思われずかし……退いて考うれば単に叟の述る所の深く人情の髄を穿ちてよく情合を写せばなるべしただ人情の皮相を写して死したるが如き文をものして婦女童幼に媚むとする世の浅劣なる操觚者流は此燈籠の文を読て円朝叟に恥ざらめやは……」

逍遙の『小説神髄』が出版されたのは、『牡丹燈籠』上梓の翌一八年のことだ。逍遙はそのなかで「小説は美術なり、実用に供うべきものにあらねば、其実益をあげつらはむことなかなかに曲《ひが》ごとなるべし」と書いて、小説が芸術原理以外のものにしばられることを拒否し、人情（人間心理）の奥を穿つ必要性を説いた。しかし「此人の世の因果の秘密を見るが如くに描き出し、見えがたきものを見えしむるを其本分とはなすものなりかし」などという文章を読んでいると、科学的因果律と抱き合わさった仏教的な因果意識を感じることができる。彼の意識から拭い切れなかった江戸戯作への親近感は、そのあたりにも低迷していたにちがいない。「深く人情の髄を穿ちてよく情合を写せばなるべし」という円朝への賛辞は、「小説神髄」にみられる文学改新の要求と矛盾することなく、彼の精神世界に同居していた。

二葉亭四迷が言文一致体を創案するために、逍遙の指示により円朝の語り口を学んだことは、「余が言文一致の由来」や「通俗虚無党形質」の予告文で知ることができるし、そのおりの苦心が尋常一様のものでなかったことは逍遙の回想録「柿の蔕」からも窺いしれる。逍遙の日記によると、四迷が逍遙を訪ねたのは明治一九年三月一七日「大いに美術（芸術）及び小説を論じ、小説の文章論に及ぶ」とあるから、このおり円朝の語り口が話題にのぼったのかもしれない。

「もう何年ばかりになるか知らん、余程前のことだ。何か一つ書いて見たいとは思ったが、元来の文章下手で皆目方角が分らぬ。そこで坪内先生の許へ行って、何うしたらよかろうかと話して見ると、君は円朝の落語を知っていよう、あの円朝の落語通りに書いて見たら何うかという。で仰せの儘にやって見た。所が自分は東京者であるからいう迄もなく東京弁だ、即ち東京弁の作物が一つ出来た訳だ。」（余が言文一致の由来）

「通俗虚無党形質」の予告に、二葉亭は悪く申せば「円朝子の猿真似」、賞めて申せば「日本新文章の嚆矢」とみずから記しているが、戯文ふうな表現のなかにも多少の自恃は読みとれる。二葉亭が逍遙の「小説神髄」、或るいはその実験作「書生気質」に不満をもち、それを率直に逍遙に語った（らしい）ことは、逍遙が二葉亭の批評をきいた夜興奮して何も手につかなかったと記していることでも推測できる。ベリンスキー全集全巻を読破し、小説の真面目は模写であり、「模写といえることは実相を仮りて虚相を写し出す」ことだとする二葉亭の眼から見れば、「書生気質」が戯作の範囲を出ない作品だと思われたのも当然であった。しかしその二葉亭が「浮雲」を書くさいに、円朝からなにを取り、またなにを取らなかったかは重要な問題である。

円朝の話芸の世界には、庶民の文学的要求を満足させる何ものかがひそんでいた。円朝はそれらの要求を肌で感じとり、芸に錬りあげてきた落語家だ。彼の提示する作品には、本格派なロマンの骨格も、民衆が望むおもしろさに近づくための想像力も、未分化のまま存在していた。ただ封建的な倫理観と、表現形式がそれをしばっていたまでである。「早すぎた近代」を生きた二葉亭は、円朝のなかに学ぶものを言文一致の方向からしかとらえようとしていない。どこまでいっても「猿真似」でしかなかったわけだ。

日本の近代文学史の叙述は、ほとんど二葉亭や透谷から始まっている。近代的自我の形成を指標に据えるかぎり、そのような結果が導き出されるのは当然だが、そのために、幕末から明治へかけての文学的諸形態はひとしなみに前史的性格のものとして概括されてしまう。パターンをヨーロッパ近代および近代文学に求め、追いつき追いこそうとする努力が、庶民の持っていたもろもろの感情、情緒、文学を正しく育てることをなおざりにした。喜怒哀楽の感情とか、それの文学的な表現とかがまるごと脱落し、すべて文学以前の問題とされてしまった。外形的な、語り口やそれの文章語への転用という点だけが、二葉亭や山田美妙に摂取されて、肝心な庶民のロマンが継承されなかったことは、日本の近代文学をどれほど不幸な袋小路に追いやったかわからない。猪野謙二は『座談会・明治文学史』(昭和三六年六月・岩波書店)のなかで、『小説神髄』の大きな功績にもかかわらず、同時に小説の構想力というようなものを新しいかたちで考えてゆく方向があそこで失われてしまったという感じをもつ」と発言していた。このような方向はなぜ失われてしまったのだろうか。

西欧の近代文学は、西欧近代社会が生んだ精神的遺産であった。それを直輸入したところで、近代的ロマンは誕生しない。誰が考えても自明なこの事柄が、開化期の日本には通用しなかった。社会的な変革が中途半端な未熟なものに終ったためであろう。近世から近代へとつづく文学の流れを、断絶としてとらえることは、さらに二重の錯誤を重ねるようなものだ。庶民文化(文学)を支える底辺の世界では断絶は見当らない。

天保改革いらいすっかり自主性を喪失していた戯作文学にはそれほど期待できないが、円朝や伯円の話芸には小説の構想力をよみがえらせる新しい力があった。円朝の芸は個性的である前に、まず大衆的であった。彼の芸を支える精神的なコミュニティの存在を見落すわけにはゆかない。森山重雄は近世から近代への文学の断絶と持続の問題に触れて、封建社会が長く培ってきた皮膚感覚的な思想が、逍遥の「小説神髄」いご脱落したのではないか、口ことばの洗練にともなう大衆的発想や現実を裏から見る奇智が失われて、現実をその都度解脱してゆくのが不得手になったことは近代人にとってマイナスではないか、芸術諸ジャンルの純化が進むにつれて芸術の総合性が弱くなり、ジャンル自体をほそらせたとはいえないか――と発言したことがあった。そしてとくに芸術を成り立たせる精神共同体の喪失が決定的な問題だとしていた。

私は日本のいわゆる近代文学史を、我ままで気むずかしいエリート小説の流れだと考える。彼らは内海文三がそうであったように「余計者の文学」なのだ。たとえ未熟ではあっても、ながい伝統に培われた庶民的文学の歴史のなかに、文学の本格を育てる萌芽があった。しかしそれは近代的ロマンへと発展することなく、文学の底辺を形づくってゆく。円朝から二葉亭へ架橋されようとしてされなかったもの、「小説神髄」が見落した大きなもの、それはいってみれば「もう一つの修羅」の伝統ではなかったろうか。

「私はチャンバラ小説、チャンバラ映画というものが、われわれの国でかほどまでにもてはやされることの理由の一つに、この四百年にわたる民衆の武装解除という特殊性、そういう背景が、あるのではないかと思う。」（海鳴りの底から）

堀田善衛のこの言葉は、「もう一つの修羅」を側面からいい当てている。日本の大衆文学がまず時代ものチャンバラとしての成立したいわれは、歴史にさかのぼって検討される必要があるのだ。

6　民権講談から社会講談へ

明治七、八年ごろになると、朝野新聞・東京日日新聞など政論を主とした大新聞《おおしんぶん》にたいして、市井の出来事や花柳界・演芸界などの消息をのせた小新聞《こしんぶん》がつぎつぎと誕生した。「読売」、「平仮名絵入」（東京絵入）、「仮名読」などである（創刊時百数十部だった「読売」は半年後に一万〇〇八八枚に急増している）。それまで貸本によって読物的興味を満たしていた一般の民衆は、しだいと小新聞の報道記事にひき寄せられ、娯楽と実益（ニュース）を兼ねた新時代の読物をそこに求め始めた。彼らは三面記事の内容をおもしろおかしく伝達してくれる新しいメディアを発見したわけだ。記事は一回から二回と連載される傾向が強くなり、〈つづき記事〉はさらに〈つづき物〉の小説へと変化してゆく。新聞小説の始まりといわれる「岩田八十八の話」が「東京絵入」に掲載された二年後に、魯文門下の久保田彦作は「鳥追いお松の伝」を「仮名読」に連載、さらに「金之助の話」（作者は数説ある）が「東京絵入」に発表されるころになると、戯作派の書き手がふたたび活気をとりもどす。戯作者たちのサービス意識は新聞の〈つづき物〉ではじめて蘇生することができた。しかし旧幕いらいの仮名垣派はしだいと読者の支持を失い、かわって高畠藍泉を中心とする柳亭派が登場してくる。江戸生きのこりの戯作派の紋切型なスタイルに新時代の読者がソッポを向き始めたのだ。だが柳亭派の書き手たちも、しょせん戯作者の枠を出るものではなかった。そのあとの空白を埋める役割を果したのが、円朝や伯円の速記本だという見方も成り立つだろう。

西南戦争から国会開設に到る時期に「もう一つの修羅」を生きたグループは、政治講談や民権講談のなかに見出すことができる。

宮武外骨は『明治演説史』（大正一五年四月・文武堂）で、明治一一年一二月発行の「近事評論」から「三寸の舌頭一国の治乱に関す」と題した文章の一節を引用している。それは「演舌ノ人ヲ感動セシムル其勢力実ニ重大ナルモノアリ三寸ノ舌頭時ニ一国ノ治乱興敗ニ係ル」というのだが、「三寸ノ舌頭」は、「修羅」（現実政治）の場からとおざけられた知識人によってフルに活用された。

藩閥政府打倒を叫んで立ち上った志士たちの民権運動は、地租改正、徴兵令施行、入会地の官有化反対等を主張する農民の革命的なエネルギーに支えられて、燎原の火のように燃えひろがった。板垣退助らが民選議院設立の意見書を出した翌明治八年、政府は詔勅によって、立憲政体へ漸次向うことを約束したが、そのうらでは新聞紙条令、讒謗律などの弾圧法令をもって反政府行動を取締った。また農民には地租軽減のジェスチュアをしめし、士族層との連繫を断ったうえで、〈不平士族〉を武力弾圧した。しかしそのような一寸刻みな強硬策は少しも事態を好転させるどころか、かえって政府を政治的危機へと追いこみ、条件つきの国会開設を決意する。民権運動はその間、直接的な蜂起から、言論による啓蒙をとおして組織を強化拡大してゆく幅ひろい政治闘争へ発展をみせた。(しかしその方向もしだいに閉ざされ、ふたたび一揆的な傾向を見せはじめる。)

政談演説が実際に行なわれるようになったのは明治一〇年ごろからだという。その先駆的な会は、森有礼らの明六社や、馬場辰猪の北辰社の公開演説会、或るいは福沢諭吉の三田演説館にみることができるが、いずれも学術講演が主で、いわゆる政談演説ではない。宮武外骨によると、政談の行なわれたのは高知県がもっとも早かったらしい。高知の立志社、大阪の愛国社などの影響をうけて、地方にも続々と政談をやる自由民権の結社が生まれた。それも明治一五年の最盛期を過ぎると、しだいと下り坂に向い、一八、九年ごろにはすっかりおとろえてしまった。

ところで大衆文学と関連するのは「政治小説」や「政談演説」ではなく「政治講談」だ。演説は新時代を象徴した。言論の自由を求める自由民権の闘士たちは、演説をフルに活用し、全国遊説を志して各地で演説会を開催した。その流行におそれをなした政府は、演説集会等の取締りにのり出し、明治一三年四月には新たに集会条例を出して弾圧にかかった。これによって政治的な集会・結社は事前に届け出なければならなくなり、警官の臨検制や、教員・軍人等の政治活動の制限がきびしく課せられることになった。「上は天皇の尊きより、下は橋の下の乞食の卑きに到るまで」と語って不敬罪に問われ、禁獄三年罰金二百円に処せられた志士もいたし、帆柱の上から官吏を見下して政治を論じたという理由で官吏侮辱罪に問われた連中もいたという。条例発布当時東京の政談結社は一七、八、社員総数は一万六〇〇〇余人だったといわれるが、「自由民権コハダのすしよ　おせばおすほど味が出る」という坂崎紫瀾の都々逸さながらに、かえって抵抗運動に油をそぐ結果となった。

演舌供養のポンチ絵（『驥尾団子』明治14年3月）

政治講談は政治小説の話芸版として理解することができる。つまり、政府による言論弾圧が強化されたため、一時小説という庶民的な媒体を借りて政治小説が生まれたように、政治講談も政談演説に箝口令がしかれたための便法だった。ことのおこりは明治一四年暮れに政談演説を一年間禁止された坂崎紫瀾が、さっそく遊芸人の鑑札をうけて、高知市玉水新地の広栄座という芝居小屋で「東洋一派民権講釈一座」の旗上げをしたときに始まる（柳田泉「政治講談事始」）。紫瀾は松本新聞の主筆時代から都々逸会を組織したりしたことのある人物だけに、松林伯円をもじって馬鹿林鈍翁を名乗り、その民権講釈一座の座頭におさまった。もっともこの興行は二日目に中止となった。伊藤痴遊はそのおりの鈍翁の活躍をおもしろおかしく述べているが、彼のいうように官吏侮辱罪に問われたわけではなく、不敬罪で拘留されたのだ。重禁錮三カ月、罰金二〇円がそのときの刑であった。坂崎のこういったアイデアには、松本新聞時代いらい同志関係にあったはなし家あがりの福井茂兵衛（のちに壮士芝居に転ず）のサジェストがあったものらしい。この思いつきは一、二年たたぬうち各地で追随者を生み、福島では岡野知荘が奇妙法王を、松本では竜野周一郎が先憂亭後楽を、また渡辺作成は虚無庵天福をそれぞれ称し、「東洋民権百家伝」や「経国美談」を巡業講演することになる。東京では明治一六年春に出獄してきた奥宮健之の手で催された。この指導に当ったのも坂崎の場合同様福井茂兵衛だった。明治一六年七月神田末広町の千代田亭で行なった夜講がそれである。奥宮健之らのほかに本職の松林右円、松林伯知といった伯円門下や旭堂南慶が賛助出演している。この興行は大成功だったが、集会条例に牴触して中止を命じられた。奥宮は一カ月の禁錮をおえて出所してくると間もなく芸人の鑑札をとって先醒堂覚明（専制と革命）と名のった。政府は一時は本気になって集会条例、出版条例のほかに「講談条例」の布告を考えたくらいだと伝えられる。奥宮健之が釈放された直後に、講談組合の頭取をしていた南竜と貞山が警視庁に召喚され、政談まがいの講談をしてはならぬと諭告されているのもその一端であろう。

政治講談は自由党が解散になる明治一七年秋ごろを境にしだいと衰微していった。政談演説の流行が下向線をたどるのと平行していたのはいうまでもあるまい。後楽を名のった竜野周一郎はこの年の一一月に飯田事件の嫌疑で逮捕され、奥宮は一〇月に名古屋事件に連座してつかまっている。しかし国会開設前後まで政談から講釈へ転進する壮士は後をたたなかった。その最後を飾る人物は初代の伊藤痴遊であろう。伊藤仁太郎年譜によると明治二〇年の項に「此年より専心講談を始め、爾来継続す」とあるが、一般には柳田泉の説に従って明治二三年一〇月、双木舎痴遊の名で横浜の万竹亭に出たときをはじまりとしている。慶応三年生まれの彼は、一四年の政変のときに数え年一五歳で自由党に加盟し、星亭に従って各地を遊説して廻った。演説に立った最初は明治一六年である。彼も他の政談演説家におとらず、数回にわたって箝口令をくらい、集会条例その他で禁錮刑をうけている。関係した事件では加波山事件、静岡事件、大隈外相遭難事件等があり、鍛冶橋監獄や石川島の獄ともおなじみの闘士であった。彼が政治講談に踏み切るのは、伯円の門下で右円と知り合ったためだという。童顔長髯の肥満した身体で演壇にあらわれ、伊藤が井上がと国家の元勲連中を友だち呼ばわりする痴遊の話芸は、一般民衆の好みにも合った。政治の世界にその夢を実現できなかった彼は、「もう一つの修羅」に生きることで政治の汚濁をこえた世界を拓くことが許されたはずである。しかし彼が抱いていた政治生活への郷愁はその世界に徹することをさまたげ、ついに政談演説調を脱却できないままでおわる。白柳秀湖が痴遊を評して「翁がもし代議士の運動などふっつり思い切り、文章にも色気を出さず、あの話芸が持つ迫力を青眼にかまえて、まっしぐらに突進されたならば、翁の話術というものは、明・大・昭・三代の文化にどんな大きい足跡をのこして居たであろうか」といい、岡鬼太郎が「おれは政治家で、唯の講談師ではないぞという話し癖が、私には忌なので、巧いのは百も承知でいながら、わざわざ聴こうという気にはなれなかった」と追懐しているのは、おそらくそのことを指していわれたものと思われる。民権講談のあとをついで、平民講談を推進したひとりである岡千代彦が、「自由のために闘い、自由に生き自由の筆舌を持ちながら、時局にたいして自由に批判が出来なかったことを憾みとする」と述べている言葉の裏を読みとる必要があるのではないか。

自由党総理の板垣退助と後藤象二郎らは、明治一五年から翌年にかけてヨーロッパ各地を歴訪し、半年後に帰国した。おもてむきは諸外国を視察して先進諸国の憲政の実状を調査するという名目であったが、実際には伊藤・井上らの策謀によるものだった。板垣は自由の国フランスにすっかり幻滅を感じ、民権運動の鋭鋒を失って戻った。自由党の内紛、改進党との主導権争いなどを乗り切れないままに、解党へ向う自由党を統制するだけの自信が、外遊半年のうちに板垣の胸中からうすれていたことは疑えない。しかし外遊が大衆文学へもたらしたささやかな贈物があったことも忘れられない歴史の一齣だろう。

これは柳田泉が『明治政治小説研究』に引用している坂崎紫瀾の「彪吾《ユゴー》先生略伝」の記載である。スペンサーから門前払いをくらった板垣も、ユゴーとは面会することができた。板垣は日本のような後進社会では、自由主義諸国の政論稗史のたぐいを新聞紙上に翻訳掲載するのが第一だとユゴーから教えられた。そこであなたの著書のうちからそれをえらぶとすれば何が良いでしょう、と質問すると、一〇年この方の著書ならどれをとっても宜いと答えたというのだ。板垣の訪問は一八八三年、ユゴーが死ぬ二年前にあたるが、「一〇年この方の著書」という意味を、一八七三年いごに書かれた著書、たとえば「九十三年」や「言行録」などだけに限って考える必要はあるまい。ともかく板垣はかなり手広く当時フランスやイギリスの文壇で話題になっていた小説を買い込んで帰った。これらの小説は坂崎や栗原亮一の手で新聞に訳載され、また塚原渋柿園によって翻案された。明治二二年に発表した「曼府の叛乱」は板垣の土産が生んだ作品だといわれる。板垣の外遊は日本の民権運動にとっては不幸な結果をもたらしたが、大衆文学（新聞小説）にあたえたプラスの影響は無視できない。

明治三〇年代に入ると硯友社同人による文芸講談が試みられるが、これはほとんど紅葉一派のお遊びの範囲を出ることはなかった。むしろ岡千代彦や原霞外らの平民講談へ、民権講談は継承される。その平民講談をさらに発展させたのは、大正の中期に堺利彦、白柳秀湖らが提唱した「社会講談」ではないか。

「講談」から「新講談」への変化は、マス・メディアの発展と、それによる読者層の増大がもたらした必然の姿であったが、「社会講談」の提唱はむしろイデオロギッシュな立場に立つものだった。

「社会講談」の提唱より数年はやく、例の「民衆芸術論」が本間久雄によって提起されている。「民衆芸術論」は大正五年八月いらい多くの作家・評論家のあいだで論議され、大正七年に入ると文壇の中心的な話題となったが、彼の民衆芸術論は、大杉栄・荒畑寒村らの『近代思想』や土岐哀果の『生活と芸術』或るいは加藤一夫の『科学と文芸』などの雑誌による一連の運動を踏まえ、明治末期の社会主義的小説と、大正中期の労働文学を結ぶ流れの上に位置づけることができる。しかし秀湖の「社会講談」の提唱は、ホイットマン流の民衆詩派とも、エレン・ケイやR・ロランに基づく本間や、アナルコ・サンジカリズムに立つ大杉栄らの民衆芸術論とも異なる別箇の系列のものだった。そのためか「社会講談」は文学史の上に、「民衆芸術」の一変種として書きとめられているにすぎない。

一般には大正八年八月に堺利彦が、文壇革新運動の一つとして『改造』誌上に「一休と自来也」を寄稿したのが「社会講談」のはじまりとされている。しかしその源をさぐれば大逆事件後の売文社の動きのなかにも、また『直言』や『平民新聞』の寄稿家であった岡千代彦や原霞外の諸作にも祖型を見出すことはできる。「平民講談」の発展形態とみなすべきだろう。秀湖は提唱に到る経緯をつぎのようにのべている。

「同じ会合（築地の精養軒で催された改造社の晩餐会）から生れた講談の改造運動は誰でもよく記憶して居てくれるし、大衆文芸がそれによって受けた直接、間接の利益も公平に考えて居てくれる人が多いようである。当日改造社の招待で集まった人は、桑木厳翼、河津暹《すすむ》、堺利彦、高畠素之、室伏高信、片上伸などの面々であったが、何しろ大正八年という時代は、講談を読むということさえ、口をすぼめて云わなければならぬほどに、文壇的勢力が強く、講談が低級扱いされたもので、作者が、そんなことに頓着なく、僕は今の小説はすかぬが、講談は面白いから毎日読むといったのがもとで、己もおれもということになり、それから社会講談という話が出て『改造』も或る程度まで肩を入れて呉れることになった。」

これは平凡社版の『現代大衆文学全集』(第二〇巻)の〈序文〉にある言葉だが、まるで冗談からコマが出た感じだ。物ごとのおこりなど、うち明けてみると案外こんなものなのかもしれない。この文章によってみても、当時の知識人(しかもかなり指導的な立場に立つ文化人)が新聞の連載講談を愛読していた模様が窺われる。秀湖の提唱は、堺利彦、荒畑寒村ら数名の共鳴者によってつぎつぎと具体化していった。四月に創刊したばかりの『改造』が、この「社会講談」を積極的に取り上げたのも、既成文壇の停滞を打破し、革新を目指す意図を持つものであった。秀湖にしても講談の実状に満足していたわけではなかった。それは「奴隷制度と文芸」中の一句「今の講談は新旧もまだ碌なものはない。僕は今の講談に敬意を払えとは決して云わぬ」を見てもわかる。彼は講談を歓迎する民衆の心に反映する時代の姿について関心を抱いていたにすぎない。「事実」にたいする人間(大衆)の欲求に注目したといいあらためても良い。大衆史論家秀湖の一面はそのような点にもすでに顔をちらつかせている。

大正九年七月には、月刊誌『日本一』が「文芸の民衆化と講談の革命」という宣言を掲げ、講談改革のノロシをあげた。その宣言によると、今まで文芸家と民衆のあいだには講談速記本という中間読物が存在してきたが、その内容は旧時代の遺物にすぎず、新時代の要求にふさわしいものとするためには、講談の革命いがいにないというのであった。「そこで文芸家を、そのこもれる殿堂より引出し、平地に立たしめたのが、此の『講談革命号』であります。かくの如き試みをなすこと数次、かくてついに文芸の民衆化が実現され、幾万民衆の渇は医されましょう」と意気込んだが、この『日本一』の意図は果してどれほど実現したといえるだろうか。

それらの動きが低俗視され勝ちだった講談の社会的地位を高めたことは無視できない。しかしリクツはともかく、その意図を生かした実作はついに現れなかった。大正一〇年七月発行の『改造』夏期臨時号は〈社会講談〉を特集し、堺利彦に「巴里コンミュンの話」を、宮島資夫に「竹川森太郎」を、生方敏郎に「彫刻師ソクラテスの犯罪」を、新居格に「幡随院長兵衛」を、伊藤野枝に「火つけ彦七」を、馬場孤蝶に「豊田貢」を、村松梢風に「白木屋お駒」を、藤井真澄に「ゲンコツ団長の失望」を、荒畑寒村に「紀伊国屋文左衛門」を、秀湖に「鰯屋の嫁」を執筆させているが、できばえはあまり良いとはいえない。それというのも生方敏郎の文章にもあるとおり、世間一般の社会講談にたいする認識が浅く、作者自身わかったつもりでいながら、いざとなると手の下しようがなく各個にイメージが分裂して、かなり手こずったものらしい。「社会講談」とは社会性のある講談なのか、講談の現代風な書き直しなのか、それとも講談を手段に使って勝手な社会的小説を展開すればいいのか、不統一のまま創作活動のほうが独走してしまった感じがある。もともと社会講談の提唱は、民衆芸術論にたいするアンチ・テーゼの意味が含まれていたといってよかろう。大逆事件いご、売文社にこもった社会主義者たちは、生活のためにあらゆる俗世間の雑務を手がけ、大衆的感覚を身につけてきた。その眼から見れば、民衆芸術論の展開は、知識人本位で抽象的な論議のやりとりと映ったかもしれない。大杉栄は「新しき世界の為めの新しき芸術」(大正六年一〇月『早稲田文学』)で、本間久雄が「民衆芸術の意義及び価値」を『早稲田文学』に発表(大正五年八月)していらいの論争を回想し、「民衆芸術論の謂わゆる提唱者等が、まだ本当に民衆的精神を持っていない事、従ってまた今日の芸術に対する民衆的憤懣を持っていない事」を挙げて、「民衆芸術論は日本ではまだ、……さほど明瞭に紛々としていない」と述べている。「民衆的憤懣を持っていない」民衆芸術論にたいする不満は、大杉栄をその論争に参加させるきっかけとなったが、堺利彦や秀湖たちの社会講談の提唱にもそれは認められる。エレン・ケイの『更新的教化論』Recreative Culture とロマン・ロランの『民衆劇論』Le Théâtre du Peuple を紹介して論争の口火を切った本間久雄は、民衆芸術を「労働者のための芸術」と規定した。一方大杉は、問題を社会変革との関連でとらえ、民衆芸術を「民衆によって民衆の為めに造られ而して民衆の所有する芸術」だとした。おなじく民衆芸術といいながら、本間久雄と大杉栄の説のあいだにはかなりなちがいが感じられる。それは本間の場合には、民衆論としてよりもむしろ芸術論としての側面を強くもっていたのに反して、大杉は彼自身を含む「市民労働者」の社会的問題として民衆芸術を理解した点にかかっている。本間の説く民衆芸術論が、社会政策的に見えるのはそのせいであろう。しかし大杉もいうように本間久雄が「日本における民衆芸術論の最初の提唱者であった」ことは動かせない。

ところで大杉は諸家の民衆芸術論を批判する前に、まずロマン・ロランの『民衆劇論』を訳出している(大正六年六月)。しかもその『民衆劇論』をことさら『民衆芸術論』としたところに、彼の基本的な姿勢を読み取ることができる。

ロランが二〇世紀のはじめに執筆した『民衆劇論』は、彼の『革命劇』と一体をなすもので、当時のフランス演劇界にたいする痛烈な批判であるとともに、彼をドラマから散文の世界へ導びく導火線ともなった作品だ。彼はこれを発表することによって、問題を演劇の領域からさらにひろい次元へと引き出して行った。この論稿は大衆文学の理論を考える上でも、多くの示唆をあたえてくれる。彼が民衆劇のコンディション・モラルとしてあげている主要な条件は「歓び」と「力」と「知性」(大杉の言葉でいえば「歓喜」「元気」「理知」)の三つだ。ロランが述べている民衆劇論を、大杉栄の方法にならって、大衆文学論として考えてみよう。一日の仕事に疲れた労働者にとって、肉体的にも精神的にも大衆文学は憩いを与えるものでなければならない。作家は彼が書く作品が悲しみと倦怠をではなく、悦びをあたえるように努めるべきである。民衆は過激で残酷な小説を好むが、しかし自分と同じ運命にある劇中の人物が、実生活の体験と同様に、厳しい現実にうちのめされることを望みはしない。民衆はもともとどんなに諦め、また失望することがあっても、夢想の人物のためには常に楽観的で、しかも暗い結末は好まない。だからといって、安っぽいお涙頂戴のメロドラマや、型どおりのハッピイ・エンドが望ましいというわけではなく、その暗さに負けない活力を養うだけのいわゆる〈力の源泉〉となる必要がある。民衆を光明へ向ってまっすぐに導くことが大衆文学の主要な条件となるべきであろう。これはロマン・ロランが使っている〈民衆劇〉という言葉の代りに、〈大衆文学〉の語を挿入してみた結果だが、この健康で明るい人生派的な（ギリシア的というべきか）提示のなかに、ロマン・ロランの命題は（そして大衆文学の基礎的な課題も）生きている。もちろんこの教訓めいた図式を公式的にあてはめるだけでは、第一の条件である「歓び」を満足させるわけにはゆかない。大衆文学の「おもしろさ」は、ロランのいう「歓び」とどこかで交る一点を持つはずである。彼はきびしく「道学者臭」と「ディレッタンチスム」を排している。つまり「民衆の友」と称する人びとが、せっかくの芸術をいやなものに変え、「生きた作品から冷たい教訓」だけを引き出すか、「不まじめな遊び」に淫するか、そのどちらをも厳しくいましめることを忘れてはいないのだ。彼が民衆劇を支える精神的条件としてあげた三つの問題は、大衆文学を考える上で重要なだけでなく、文学の理想像である〈国民文学〉の構想を説くおりに、改めて問われて良い内容を含んでいる。くりかえしていうが、ロランはそれらの命題を俗流大衆路線で説いているわけではない。

ロランは俗うけをねらったお涙頂戴劇をしりぞけた。しかし、メロドラマに反映する民衆の好みについては鋭敏な触手を働かせる。とくにジョルジュ・ジュバンの「民衆劇とメロドラマ」中の文章を引用し、泣きと笑いのうちに展開するメロドラマから、民衆劇の法則を抽き出すことを忘れない。ロランはいう。民衆は「感ずる」ために芝居に行くのであって、「教わる」ためではない。彼らは感激に浸り切ってしまうと、その情緒に変化を望むものだ。笑いのなかに涙をもち、涙のなかに笑いをもつ変化に富んだ作品を要求する。また作品の背景が真実性を加える上で、よく知っている場所で挿話風に生かされる必要がある。さらに「最後の勝利は善だ」という各人の心にひそむささやかな確信を裏切らないことはたいせつだ。民衆は健康でしかも単純な道徳（進歩の法則）を信じているためである。そして最後にそれらの劇を観客に正しく伝える劇場側の商業的な誠実さも重要な要件だ。真の「民衆劇」を作りたいと思うならば「情緒の変化」「生きた写実」「単純な道徳性」「商業的誠実」を忘れてはならない。

大衆文学の作家が明快な思想性に立ち、民衆の好むエピソードをたくみにあしらいながら、しかも月並におちいらないように、情緒の転換を心がけ、つねに新しく努めることは、「民衆劇」の場合とかわらない。あくどい商法が逆効果を生むことについても説明は不用だろう。

大杉は、ロマン・ロランの「民衆劇論」を継承し、それを「民衆芸術論」へ発展させた。彼はブルジョアジーに独占された芸術を頽廃の淵から救い出し、「血の気のない芸術に生気を与え、其の痩せ衰えた胸を太らせて、民衆の力と健康とを其の中にとり入れ」ることを真剣に考えた。そのためには、ロランのいうように「歓喜」と「元気」と「理知」が必要だ。だが大杉はその事点に停まろうとしない。「民衆劇論」の末尾を労働論で結び、ファウストの言葉「初めに行為あり」でおわらせているロランにならい、大杉も民衆芸術論の結論を社会運動へ向わせている。さらにこの「新しき世界の為めの新しき芸術」につづく翌年七月の「民衆芸術の技巧」では、民衆芸術は「平民労働者の建設せんとする新しき世界の為めの新しき芸術」だと述べ、その革命は「政治組織や経済組織の革命ばかりではな」く、社会生活そのものの革命だと明記した。ここまでくるとつぎに提起される「第四階級の文学」とは皮一重のちがいにすぎなくなる。そして民衆芸術の問題は芸術の問題である以前に民衆の問題だとする平林初之輔の発言へ発展してゆく。

ところで「社会講談」を提唱した堺利彦や白柳秀湖は、大杉栄の『民衆芸術論』をどううけとめたのだろうか。私はそれを証明する資料を持たない。おそらく大杉の説に異議はないにしても、売文社いらい培われた民衆感覚は、問題をより具体的に展開する必要を感じさせたことであろう。

「『社会講談』運動は、従来誰も突崩すことの出来なかった文壇の堅塁に兎にも角にも何ほどかの損害を与えた。そうして従来は知識階級の手にすべからずとされた講談雑誌の地位を高めたことは非常なものであった。」

白柳秀湖はこう自画自賛している。しかし民衆にひろく読まれている読物（講談）に着目したのは、彼らが最初ではなかった。その意味では、秀湖や利彦の試みは、自由民権時代の「政治講談」、平民主義時代の「平民講談」と数えて、三代の末裔にあたるわけである。しかもいずれの場合にも講談は、啓蒙のための手段であった。長い伝統を持つ講談をその話芸の本質に立ちもどって継承し、変革するのではなく、ともかくも、そこにあり、しかも広く愛好されているという事実から、安易に手をつけようとする。講談に眼をつけるのはたしかに一種の文芸的なヴ・ナロードの運動であろう。しかし単にそれを利用するというだけでは、一時の座興におわる危険性がある。「社会講談」

の運動が見るべき収穫をほとんど残していないことは、それを裏づけてくれる。古い皮袋にいくら新しい内容を盛りこもうとしても、結局は趣好のおもしろさにすぎない。「白木屋お駒を一席弁じます。これは浄瑠璃の方では『恋娘昔八丈』という外題で有名なものでございますが……」といった調子で、「ました」「ございます」とつづく文章を読んでいると、「新講談」の書き手であった前田曙山や行友李風の語り口、或るいは昭和期に入ってからの野村胡堂や佐々木味津三のそれを思い出す。長いあいだに培われた伝統の厚みは、功利的な目的から対処しようとしたところで、手におえるしろものではない。

さきに「社会講談」の提唱は民衆芸術論のアンチ・テーゼとしての意味を含んでいたと書いた。しかしそれは大杉栄の『民衆芸術論』にたいするものではなく、むしろ加藤一夫の観念的な認識に対決するものだったというべきだろう。加藤が目指す民衆芸術は社会変革とは無縁の抽象的なエリートの芸術であった。もっとも「新しい民衆とは直ちに平民もしくは労働者を意味しない。それがほんとの民衆となるためには、真に人間を自覚しなければならない」と述べて、「人間の自覚」を第一に据えたところに、彼の考えのユニークさもあったわけだが、民衆芸術を民衆に密着したところで試みようとした秀湖たちにとっては、あまりにも理想的で説得性に欠けるものとして映ったにちがいない。

社会講談の全部に眼を通したわけではないので正確なことはいえないが、書き手としては堺利彦よりも秀湖をとる。とくに大正一三年から一五年夏にかけて『雄弁』に連載した「坂本竜馬」は、政治講談との関連をみる上で欠かせない作品だ。秀湖は完全なオリジナルだと書いているが、実際は坂崎紫瀾（馬鹿林鈍翁）の『汗血千里駒』（明治一六年刊）に基づいた部分が少なくない。

7　大衆の二つの顔

大衆は二つの顔をもっている。

大衆文学における大衆と、プロレタリア文学の大衆とでは、おなじく大衆と呼ばれながらまるで異なった二つの概念に根ざしたものだ。しかしもともと、大衆に二つあるはずはない。

そのことについて小田切秀雄が明確に指摘したことがあった。

「通俗としての大衆と、プロレタリア文学においての大衆とは、もともと大衆自体がもっている二つの側面に根ざし、対応している。大衆は、一面においては歴史そのものの原動力であり、既存の秩序がふくむ矛盾につき動かされてその打開のため能動的、組織的な行動に進み出る。そのような行為に堪えうるだけの判断力とえい智と意志力とエネルギーとは行為に伴って生れてくる。ところが、他面において大衆とは、最も保守的でかつ所動的・非組織的であり、理性的批判と意志の力とを欠くためにそのエネルギーは盲いている。そして通俗文学がもっぱらくい下っている

のはこのような側面である。」(通俗文学の問題)

小田切秀雄は通俗としての大衆と、変革のエネルギーを秘めた原動力ともなる大衆とを、大衆自体のもつ二つの側面に対応したものとしてとらえていたが、同様の問題をやや異なった視点（というより問題意識）からみるキクチ・ショーイチの発言がある。

「大衆は社会において階級として存在しているものであるが、大衆という言葉自体のうちにいかなる階級的規定をも含んでいない。それはほとんど量的な観念でしかないが、階級社会にあって量的にとらえられた社会の成員の大多数は、圧倒的に経済的文化的に低い階級に属している。社会の階級的矛盾がはげしく、大衆の社会的経済的地位が低ければ低いだけ、それだけ大衆の文化的意識がおくれていることはいうまでもない。こうして大衆の地位の低さに応じて文学にたいする通俗的な関心、あるいはこれとからみあった通俗文学への大衆的な興味が生じてくることはいうまでもない。」(文学における通俗性)

ここでは大衆文学は大衆の階級或るいは文化的な立ちおくれによって生まれる通俗的な関心の現れとしてとらえられている。もっとも誤解のないように附けくわえておくが、キクチは大衆的であることと通俗的であることを同一のものとしては考えていない。むしろ通俗的であることが、あたかも大衆的であるかのように誤まって理解される現状こそ、通俗的な見解なのだと書いている。小田切とキクチの考えのちがいは、前者が大衆のもつ二つの側面としてとらえたのにたいして、後者は言葉ほんらいの意味での大衆を、俗物的理解の泥沼から救い出そうと努めている。基本的にはこの解釈はただしいというべきかもしれない。しかしこう論じただけでは生きて機能している大衆の、そして大衆文学の持つ複雑なメカニズムをとらえることはできないのだ。むしろ大衆を矛盾の総体としてとらえ、能動面と旧守面に対応させて、大衆の文学的要求をそれぞれ理解しようとする小田切の意見に、私は同意したい。

少し角度をかえて大衆文学の側からの発言をきいてみよう。

中谷博は書いた。

「プロレタリア文学が社会的停頓の上を乗り越えて、次ぎに来るべき新しい社会の建設に進もうとする、積極的な意図を有する闘争の文学であろうとしたのに比べて、大衆文学は社会的停頓の上に佇立して、次ぎに来るべき新しい社会の建設よりは、眼前の社会への反応と絶望とを表明することに汲々とした、言わば消極的な意図をきり有しない諦観の文学であった。」(大衆文学と知識階級)

大衆文学とプロレタリア文学が時代を等しくして出現した〈新興文学〉だと強調する中谷の説は、小田切と逆の立場から照射しながらふしぎに相似したところがある。ところで白井喬二のプロ文学観はおもしろい。彼は「プロレタリア文学」とはいわず、「プロレタリア大衆文芸(学)」の呼称を使っているが、大衆文学こそ文学の王道だとする立場はプロ文学を批判する場合にも一貫している。

「文芸プロレタリアは、プロレタリア文芸とはちがうのです。……プロレタリア文芸にたずさわる人が、かならずしも文芸プロレタリアでは無いということになります。プロレタリア文芸を取扱った文芸ブルジョアがあるのです。社会の貴族層にたいして呵責しない人も、案外文芸のブルジョア層にたいしては平気でいる。いな、文芸とはそんな物だとさえ考えて、因襲打破の気持が少しもない。僕は文学の真の目的を貫徹するには、文芸革命を先にする必要があると考えている。……文芸革命を経て来たプロレタリア文芸、イコール、プロレタリア大衆文芸ということにならなければならぬのだと思う。」（プロレタリア大衆文芸の将来）

プロ文学にたずさわる人がかならずしも文芸プロレタリアでないという白井の批判は鋭い。このような見方は直木三十五が大衆を「経済的大衆」と「文学的大衆」に分けた認識とも共通する。二者がかならずしも正比例しない事実は、「銭形平次」を愛読する元首相の例一つとっても自明であろう。白井は「大衆」を「純衆」或るいは「全衆」そして「国民」とおきかえることが可能なものとして考えていたようだが、「文芸上の階級意識を除いた本当の信念の上に立ったプロレタリア大衆文芸は、もちろん将来非常な力を持って勃興し、民衆の頭上に偉大な仕事を持続して行くだろう」という彼の言葉には、プロレタリア大衆文学（文芸プロレタリアによって行なわれる文芸革命を経たプロレタリア文芸）、いいかえれば国民文学の理想が強くうずいていたことが知られる。

プロレタリア文学と大衆文学の関係について触れた論稿はまだいくつも挙げることができる。しかし今ここに紹介した四人の論説はそれぞれの立場を代表した意見と考えてよかろう。これらの説がしめす圏内に、大衆のもつ二つの顔は明瞭に読まれるからだ。

大正末期に成立した日本の大衆文学は、近代文学の歪みを克服する新興文学の役割をにない、民権講談・平民講談・社会講談と発展してきた伝統を踏まえながら、混迷するインテリの代償要求までを満たすものとしてクローズ・アップされた。同時にマスコミ企業の飛躍的発展にともなう「大量消費のための商品」としての側面が、大衆文学の〈新興文学〉的性格をゆがめ、マス化・マスコミ化現象の波のなかで、通俗化過程を促したことも事実である。このような傾向に警告を発した最初の人は千葉亀雄だった。彼は大衆文学に同情的な立場から問題を展開し、作中人物や事件のリアリテを考慮に入れず、おもしろおかしく筋を運ぶだけに終始して低俗な読者の喝采を博すままに、そこだけに恵念し、大衆文学本来の課題を反省する機会を失ってしまってはおしまいだ、ときびしく戒めた。この論文（「民衆文学の傾向を論ず」）が、大正一三年一〇月というかなり早い時期にかかれていることは、二重の意味で重要である。「民衆の外に芸術家という階級があるはずはない。また生活の外に芸術はない」と確信を持っていい切る彼は、民衆芸術論からの発展として大衆文学をみる視点を用意していた。それと成立時からすでに通俗化への危険をはらんでいた大衆文学を言葉するどく衝いたという意味で二重に重要なのだ。千葉の論文につづいて長谷川如是閑の有名な「封建的ロマン主義への逆転」批判がある。この批判は『中央公論』が〈大衆文芸特集〉号を出した翌月（大正一五年八月）に「政治的反動と芸術の逆転」と題して発表された。彼は大衆文学に特有な表現技法を「封建的ロマン」へ逆行するものだとキメつけた。大衆文学には過去の時代の生活の幻像が発見されるだけで、なんら現代の生活感情に触れてこず、封建末期のロマン主義が〈現代的衣裳〉すらまとわずに、むかしのままの裃姿で現れてくる。そして現代人を過去の人間の幻像に順応させるために、前時代的な文体を模倣し、時代的背景を徳川末期に択び、封建的葛藤をテーマにするなどあらゆる手段を弄している。しかもそれがふるい教養を受けた書き手によってではなく、現代的教養の持主たちによって書かれているのはどうしたわけか、というのだ。これは大衆文学の内容に切り込んだ率直な批判であった。

既成文壇からの批判でよく引き合いに出されるのは、志賀直哉の書いた「赤西蠣太」の解説だ。これは講釈師から書き講談のライターに転じた悟道軒円玉の「伊達騒動」にヒントを得たものだという。

「円玉の講談中の女中と此の小説で書いた女中とは解釈が大分異う。この異いは一方は大衆対手、他はそうでないという所から来ている。所謂大衆というものは私が現した女中よりも、円玉の現した女中の方を喜ぶらしい。若しそうだとすれば、そして若しそういうのが大衆というものであるならば、その大衆を目標にして、仕事をする事は自分には出来ない。己れを一人高くするという態度は不愉快であり、いやな趣味であるが、現在の大衆に迎合するような意識を多少でも持った仕事は娯楽になっても、仕事にはならない。」

この言葉は、プロレタリア文学を「主人持ち」と評した彼の批判と楯の両面をなすものである。かつて小田切秀雄はこれを「通俗性に対する見事な批判」だとしていたが、そういってしまって良いものだろうか。読者に迎合するような態度からは通俗的な作品は生まれても、大衆文学の香り高い仕事は育たない。「円玉の現した女中の方を喜ぶ」という大衆のその本質に触れ合うところで問題をつかみなおす必要があるだろう。晩年に歴史小説を書いた田山花袋は、昭和初期の大衆文学流行をみて「おれたちが努力して開拓したものが崩れてしまった」となげいたそうだが、大衆文学を純文学にくらべて低位におく考えは、鷗外の史伝小説を「高等講談」とみなした説同様ナンセンスである。大衆文学だから通俗なのではなく、むしろ文学として質が低いから通俗なのだ。その部分を本末転倒させると、大衆文学論は一歩も前に進めなくなってしまう。

大衆文学は既成文壇から「封建的ロマンへの逆転」「大衆迎合」を指摘されるとともに、同じ〈新興文学〉であるプロレタリア文学からも「封建的町人とブルジョア的小市民との芸術形式」(蔵原惟人)として批判された。その批判はいわゆる芸術大衆化論争の過程で現れ、さらに残された部分は、日本プロレタリア作家同盟の第二回大会で提議された貴司山治の〈文学大衆化の問題〉にたいする論議として行なわれた。

論争は中野重治が『戦旗』の昭和三年六月号に発表した「いわゆる芸術の大衆化論の誤りについて」で始った。中野が問題を提起したおり、彼によれば二つの誤った大衆化論が存在していた。一つは通俗文学の側からする大衆化論で、他はプロ文学運動内部の大衆化論であった。

第一の声――作家は身辺雑記などを書いて高級芸術家ぶるより、「復活」や「レ・ミゼラブル」のすばらしい大衆性・通俗性を学ぶべきだ。明日は大衆のものだ、大衆は通俗をよろこぶ、われわれは明日へ、つまり通俗へ向って進む。今日通俗作家をさげすむものはあすは泣きべそをかくがいい。

第二の声――われわれはプロレタリア芸術家だから、その作品がひろく大衆に読まれることを望む、しかし残念なことに大衆はそれをほとんど受け入れてくれず、探偵小説や大衆小説を読んでいるのが実状だ。一体われわれのプロレタリア芸術は、大衆からモーリス・ルブランや三上於菟吉を追い出すために、なぜ今まで大衆芸術からそのおもしろさを習わなかったのか、そのおもしろさに拮抗し、凌駕したときはじめて、われわれは大衆を社会主義へアジることができるのだ。

これらの大衆化論にたいして中野重治はまっこうから唐竹割りにする調子で、みごとな裁断を下す。

「大衆芸術のまわりに大衆がそんなにも群れて来るなら、それは大衆の中にそんなにも笑いが殺され、その代りにはそんなにも沢山の泪が溜って居たからだ。……このような意味で大衆化論を振り廻わす牛太郎等が、どの一人を取って見てもブルジョア芸術家の屑の成れの果だったことを、彼らのどの一人でも、ブルジョア的に芸術的な芸術さえも創れなかった手合ばかりだったことを、我々はもっと早く思い出す方がよかったのだ。」

大衆が求めている生活をまことの姿で描くということは「芸術の芸術、諸王の王だ」と説く彼にとって、大衆化を通俗化にすりかえる連中は、唾棄すべき芸術の牛太郎にすぎなかった。また「レーニンの遺言」を守って大衆からアルセーヌ・ルパンや美剣士浅見丈之進の作者をおい出す問題は、政治の問題であり、政治上のプログラムと芸術上のプログラムを混同してはならないと警告し、もともと芸術にとってのおもしろさは、「芸術価値そのものの中にある」といい切っている。大衆文学はここではまともに論じられるというより、大衆化論に関連して思わぬそば杖を喰った形である。

しかし「厖大な資本家的商品生産方法によるブルジョア的読物」という表現などを通して、中野重治（というより彼をふくむプロ文学陣営内部）の大衆文学にたいする露骨な敵視（そのうちがわにある階級意識に立つ大義名分論）を読みとることができるのだ。吉本隆明は中野の論文の欠陥として、大衆＝被支配階級＝階級意識の所有者（潜在的）という一元的認識をあげていた。つまり大衆のあるべき姿と、あるがままの姿のあいだを大衆信頼とでもいうべき確信が埋めているわけだ。そこから潜在する階級意識を顕現させる方法がプロレット・カルトの問題として導入される。

論争を紹介するのが目的ではないので詳しくは述べないが、旧ナップ（全日本無産者芸術聯盟）の機関誌『戦旗』が創刊された昭和三年いっぱい、この「芸術大衆化」論は、中野重治・蔵原惟人・林房雄らを中心に争われた。そして大衆の直接的アジ・プロのための運動と、プロレタリア芸術そのものの大衆化の問題がからみ合いながら、論争の過程でしだいと明確化されていった。形の上では昭和五年四月に開かれた作家同盟第二回大会で「芸術大衆化に関する決議」となってしめくくられるが、論議は十分つくされたとはいえず、むしろ現実の要請がそのような結末をややセッカチに求めたといったほうがあたっている。

蔵原惟人はその間にルナチャルスキーの「マルクス主義文芸批評の任務に関するテーゼ」（昭和三年九月）を翻訳紹介したが、そのなかで大衆に目安をおく芸術、つまり比較的単純な内容で百万の大衆を感動せしめる作品と、プロレタリアの上層部分を対象とする作品が、社会主義へ進む過渡期には区別される必要があると述べた。その大衆へ目安をおく芸術を拡大解釈し「プロレタリア大衆文学」という別個なジャンルを主張したのが林房雄だった。林房雄はルナチャルスキーの論文が紹介された翌月の『戦旗』に、「プロレタリア大衆文学の問題」を書いている。

「『大衆』とは、元来政治的な概念であって、『指導者』に対する言葉だ。マルクス主義的には、大衆とは政治的に無自覚な層と定義される。プロレタリア運動内に於ける意識的な活動要素に対する無意識的な要素のことだ。現実のプロレタリア階級の中に、かかる、心理に於て、意識に於て、進んだ層と遅れた層のあることから、心理的意識的産物である吾々の文学にも二つの種類が生まれて来る。進んだ層に受入れられる文学と、遅れた層に受入れられる文学と、後者を指して吾々はプロレタリア大衆文学という。」

吉本隆明は別の角度から、林房雄のこの見解を「大衆意識の個別的差異に着目した」卓見として注目していた。吉本もいうように、蔵原、中野らの原則論からは感じられないユニークなものがそこにはある。林はあるべき大衆とそのままの大衆をはきちがえることはなかった。「遅れた層に受入れられる文学」の着想が、ルナチャルスキーの「大衆に目安をおく芸術」に基づいた説であることはいうまでもない。彼はここからさらにすすんで、中野重治が二つの誤った大衆化論としてあげた「おもしろさ」の問題へ立戻ってゆく。大衆にひろく読まれる大衆文学の作品を研究し、それのもつ遊戯的要素としての「おもしろさ」を摂取する意義を強調した林房雄のこの評論は、プロレタリア文学の側から大衆文学へさしのべられたはじめての握手であろう。

ちょっとここでこの章の冒頭に引用した小田切秀雄の文章と林房雄の見解を読みくらべてほしい。

「通俗としての大衆と、プロレタリア文学においての大衆とは、もともと大衆自体がもっている二つの側面に根ざし、対応している」という小田切の大衆文学論は、林の「進んだ層に受入れられる文学と、遅れた層に受入れられる文学」といった見解が発表されてから二〇数年たった昭和二七年に書かれている。大衆を矛盾の総体としてまるごとかかえこみ、そこから二つの側面に対応する異なった文学的要求が生まれる事実を、客観的にまず認知することから始めるその立場は、一九二八年の「芸術大衆化論争」のなかでは思いもつかなかった意見であろう。プロレタリア文学の不幸な挫折と敗北のあとで、改めて大衆化論の問題が、通俗小説に触れて出されるところに、かつての論争が残した未解決な部分の所在を強く教えられるのだ。

昭和四年二月に行なわれた作家同盟創立大会では、林房雄は「文学大衆化の問題」に関して報告を行ない、大衆化の道はわれわれの作品の自己分化だとして、「階級および層の内部の文化水準の差異によって起る、高級文学、通俗文学の分化」を論じている。

林房雄の主張は、昭和四年の春に作家同盟へ加入した貴司山治によってさらに推しすすめられ、実作化されるに到った。その第一弾は世界社から刊行された『プロレタリア芸術教程』二集に収録の「プロレタリア大衆文学作法」であろう。貴司はもともと大衆文学の出身で、大正の末に時事新報や朝日新聞の懸賞小説に入選、当時すでに講談社の諸雑誌などに執筆していた。昭和三年から翌年にかけて東京毎夕新聞に「止れ、進め」と題した長篇を連載し、林のいうプロレタリア大衆文学を具体化した。この作品が「ゴー・ストップ」と加筆改題されて出版されるのは、昭和五年に入ってからだ。国民新聞にもこの前後小説を発表したはずである。* 彼は細田民樹が「真理の春」を朝日新聞に連載するのに前後して、「忍術武勇伝」を『戦旗』に発表した。そして作家同盟第二回大会（昭和五年四月）には、中央委員会の大衆化問題に関する方針にたいして反対意見を提出している。その詳細は知らないが、貴司の見解に反駁を加えた蔵原惟人の「芸術大衆化の問題」や、貴司の「プロレタリア文学の陣営から」（いずれも『中央公論』昭和五年六月号）などで推測することができる。それによると貴司の考える大衆芸術（文学）は、マルクス主義イデオロギーが比較的ゆるやかな程度おりこまれたもっとも遅れた層を対象とする作品で、そのような芸術を創造するためには、わが国の労働者農民が立つ文化的水準、いいかえるならば「講談社的な大衆文学、通俗小説の形式から出発しなければならない」というのであった。これにたいして蔵原は、現在の大衆が講談社向きの作品以上のものを理解しないというのは、労働者農民を固定してとらえるからだし、そういった物の見方、いい方は、プロレタリア的観点をすてて俗論的な解釈に立つものだと手きびしく批判している。

ついでに蔵原の大衆文学観を「芸術大衆化の問題」から紹介しておこう。さきにも少し引用したように彼は大衆文学を封建的町人とブルジョア的小市民との切っても切れない芸術形式だという。英雄崇拝、安価なヒロイズム、義理人情、伝奇的趣味に現れる非現実的な非論理性は、封建的町人やブルジョア的小市民の世界観と密接不可分の関係にある。もっとも彼の大衆文学についての知識はそれほど豊かではなかったとみえ、近代ブルジョアジーは大衆文学の形式を破壊してブルジョア・

レアリズムを建設したと変な説をふりまわしている。蔵原・貴司両説が『中央公論』に一挙掲載された翌月の『戦旗』は、作家同盟中央委員会による「芸術大衆化に関する決議」を発表し、ぶりかえした「大衆化論争」に最後の断を下した。そのなかで貴司たちの少数意見は謬見として退けられている。しかし大衆読者に広く読まれているという実感に根ざした発言だっただけに、彼らはその主張を容易には改めなかった。

貴司は昭和六年七月刊の『綜合プロレタリア芸術講座』第三巻収録の「大衆文学論」で、震災後に既成文学の克服者として登場した大衆文学の歴史的地位を、江戸の戯作文学・講談などから説きおこし、帝国主義段階の文化の問題に触れて、大衆文学は「大衆のための文学か」それとも「大衆のための阿片か」と問い、さいごにブルジョア大衆文学の影響下から大衆を切りはなして、プロレタリア文学の影響下にひきつけるだけの、すぐれて多様な形式と内容の大プロレタリア作品を創造しなくてはならないと結んでいる。大衆文学を読みすすむうちに、階級意識とは反対のイデオロギーにすっかり毒されてしまうという大衆文学阿片説は、やや唐突に聞こえる。どちらにしても大衆文学がもつおもしろさの魅力は、貴司にとっていつまでも気になる問題だったのであろう。「荒木又右衛門」や「鳴門秘帖」でも読むつもりで、全国津々浦々の働くものたちが、仕事のあいまに寝ころびながら読んでほしい——という小林多喜二の願いは、おそらく芸術大衆化を夢みるプロ作家たちに共通した望みだったろう。貴司の見解や徳永直の「大衆文学形式の提唱」は、昭和七年三月のナルプ（国際革命作家同盟日本支部となった日本プロレタリ文化聯盟傘下の日本プロレタリア作家同盟の略称）常任中央委員会の決議のなかで、「右翼的偏向」ときめつけられ、ナルプ機関誌『プロレタリア文学』誌上で、宮本顕治から「プロレタリア文学における立ち遅れと退却」として、そのレーニン的原則からの逸脱を指摘された。貴司・徳永らは次号で自己批判したが、つづいて五月一一日に築地で開かれたナルプ第五回大会では、その誤謬の残滓はまだ精算しつくされず、貴司は「大衆文学」という言葉を「非文学」という言葉に置きかえることで、もとの誤りを再生産していると追いうちをかけられている。決議文の文章をそのままつかえば、貴司・徳永・細田らの諸作は「唯物弁証法からの絶縁・ブルジョア大衆文学からの最も悪しき影響に陥った」ものだというのだ。だが弾圧がしだいと強化されるにつれて、前衛的観点からはなれ、形式の多様性を合いことばに、つぎつぎと離反してゆく者がふえ始める。こうして芸術大衆化の問題はついに最終的な結論を発見できずに、組織（運動）の崩壊によって未解決のまま戦後にもちこされてしまった。

芸術大衆化論争のゆくえを、大衆文学に触れる側面でたどって来たが、その間に現れたプロレタリア文学側からする大衆文学批判に、大衆作家たちが一矢むくいなかったとは思えない。さきに引用した白井喬二の「プロレタリア大衆文芸の将来」（昭和五年二月）は、あきらかに林房雄の「プロレタリア文学の問題」を前提としている。そこで彼がプロレタリア文学に呈している「プロレタリア文芸にたずさわる人が、かならずしも文芸プロレタリアではない」という苦言は、「日本のプロレタリア文芸は……因襲文学の呼吸を知りすぎている」という批判とともに、プロ文学陣営にとっては耳痛いものがあったにちがいない。また直木三十五が「大衆文芸作法」のなかで、プロレタリア文学を評し、「文壇的な大衆とはかなりかけ離れた、狭隘な読者範囲に止まっていて、その域を充分脱していないということは、プロレタリア文学の本来の目的に叛くものであろう」と述べ、早くこんな自慰的領域から解放されて「文芸のもっと広い大道へ現われ、もっと広汎な読者層を捉えるべく、限界を転じなくてはならない」として、林房雄の「大衆化論」を注目すべきだと評価していた。

「真理の春」、「ゴー・ストップ」、「太陽のない街」(徳永直)、「奥州流血録」(今東光)などが人物の類型性・偶然性の尊重などによって大衆文学へ接近したように、「由比正雪」(大仏次郎)の主人公は失業インテリの救済者つまり革命家として登場し、「侍ニッポン」(群司次郎正)にはオルグや拡大委員会がやたらと飛び出し、「人間飢饉」(村松梢風)にはルンペンの平手造酒や、米騒動或るいは煙突男まで役者をそろえている。そういったケースをたどりだせばきりがない。

大衆文学が大衆のもつ素朴な意識や感覚に、より密着しようとして、民族の問題を媒介にしながらファシズムへ傾斜し、他方大衆の啓蒙を目指したプロ文学が、九・一八以後大衆からしだいに孤立し、「前衛の観点」と「政治の優位性」を固く信じながら転落してゆくのは、佐々木基一の指摘どおり、たしかに今日のわたしたちの課題としてもゆるがせにできない歴史の一齣だ。「大衆とは何か」「大衆の望むおもしろさとは」――それらの答は、まだつかまえられていない。「原則派固有の大衆に対する色盲」と「無原則派特有の大衆追従」は、権力による言論統制の嵐の前にひとたまりもなく消えてしまった。

「かつて、芸術の大衆化問題に関連して、通俗的大衆文学・芸術作品を批判する必要の強調されたことがあった。しかし実際にはこの批判は、その言葉どおりにおこなわれたとはいえなかった。今日もやはり私たちは、国民の大部分に時間つぶしや娯楽のかてを提供し、かれらを空想にふけらせたり、悲しませたり、笑わせている通俗大衆芸術の大きな存在を忘れることはない。」

これは民主主義科学者協会芸術部会が、戦後まとめた『大衆芸術論』(解放社)の巻頭にある一条重美の文章だが、一応しめくくられたはずの問題から改めて問われなければならなかったところに、プロレタリア文学の理論的な貧困があった。

* 「ゴー・ストップ」出版後に、東日は左翼作家二〇数氏にアンケートを求め、プロ大衆文学論について賛否を問うた結果、ひとりも貴司の説を支持したものはなかったという(貴司「私の新聞小説」参照)。

8　国民文学の周辺

国民文学について考えるとき、いつも思いうかぶ一つの寓話がある。それはドイツの国民詩人といわれたレッシングの『散文の寓話集』におさめられた寓話形式の詩「こおろぎと夜鶯」（一七五九年）である。

「だんぜん私言うわ、とこおろぎが夜鶯にいいました。私の歌にだって感心する人はちゃんといるのよ。——それは誰のこと、と夜鶯が口を挿みました。——せっせと収穫にいそがしいお百姓さんよ、とこおろぎはこたえました、大喜びで私の歌を聞いてくれるわ、それに、こういう方たちこそ人間社会の中でも一番役に立つ人たちなんだってことは、あなただって否とはいえないでしょう。

そりゃあ私も否とは申しませんけれど、と夜鶯はいいました。でもねえ、あの人たちが喝采するからって、それであなたが御自慢になるって訳のものでもありませんわ。すべてああした考えで働いている真面目な人たちは、えてして繊細な感覚に欠けているものですのよ。ですからね、ほら、羊飼いって自分の笛にあわせとても上手に踊るでしょう、あの無心な羊飼いが静かにうっとりしてあなたの歌に聞耳をたてるようにならないうちは、あんまりうぬぼれは禁物ですよ。」（山下肇訳）

レッシングは〈ヨーロッパ中でもっとも奴隷的な国〉であった当時のドイツにおいて、ペダンティックなアカデミーと貴族文化の伝統に反逆した詩人だった。彼が理想とする国民文学は、無心な羊飼をうっとりさせるこおろぎの歌に象徴されている。とすれば働く農民たちが耳を傾けるこおろぎの歌は、大衆文学に見合うのではないか。市民社会成立の諸条件が阻まれていた当時、レッシングがこの「こおろぎと夜鶯」の寓話に託して語った芸術の理想像は、今日においてもなお深い意義を持つ。とくに日本ではそうであろう。

しかしやっかいな問題はそれから先に横わっているのだ。

大衆文学が「人間社会の中でも一番役に立つ人たち」の好むこおろぎの歌になぞらえられることはわかる。そして無心な羊飼いをうっとりさせるこおろぎの歌が理想としての国民文学像だというのも考えつく。だがそれを実現させるためにどうすれば良いか、の問題はあたえられていない。この問題はあたえられるのを待つのではなく、日本人が日本人みずからの手で、ひたいに汗して創りあげてゆくべき性質のものであろう。大衆文学と国民文学はいったいどう関連するものなのか。

毛沢東はレッシングの提示した国民文学の問題を、向上と普及の統一として把握した。彼は抗日戦中（一九四二年五月）、革命根拠地延安で開かれた文芸座談会の席上で語っている。「人民生活の中の文学・芸術の原料が、革命作家の創造的な労働を通じて、イデオロギーとしての、人民大衆のための文学・芸術に形成される。その中には、初級の文芸の基礎から発展した、向上された大衆の要求する、高級の文芸もあるし、さらにまた、逆にこの高級の文芸によって指導された、往々にして今日、もっとも広汎な大衆のまっ先に要求する、初級の文芸もある」(竹内好訳)。向上と普及の関係は、普及を基礎にした向上、向上に指導された普及であって、その上に国民文学の創造が可能だというのだ。毛沢東が例としてあげている「陽春白雪《ヤンチュンパイシュエ》」つまり高級なうたと、「下里巴人《シアリーパーレン》」ポピュラーなうたの関連は、レッシングのいう羊飼いを酔わすうたと、農民の好むうたに対比されるものであろう。しかしこの方法を日本へ移植することは口でいわれるほどなまやさしい問題ではない。民衆概念と、国民・民族の概念がひきさかれている日本においては、毛沢東の文芸理論は、そのままでは通用しない。なまはんかな応用は、大衆路線の俗流化をひきおこすだけだ。毛沢東の文芸理論(国民文学論)は、中国の現実に培われたものであり、創造主体としての民衆が社会・政治上の領導性を確得したとき(或るいは確得しないまでも自覚したとき)にはじめて可能な方法であろう。

グラムシはその「大衆文学論」(一九二九年から三五年にかけて獄中で執筆)のなかで、新しい国民文学の概念を〈民族的―大衆的〉という二語の合成によって表わしていた。もともと同義語か、それに近いはずのこの二つの言葉が、異なった意味で使われるのは、それだけ市民的な伝統が成熟していなかった証拠であろう。日本の場合には、イタリアよりさらに問題が錯綜している。大衆的であることが同時に民族的であり、ひいては国民的であるためには、まず民族の主権と大衆の主権が等価におかれる必要がある。民族的なものと国民的なものがくいちがい、大衆的と人民的のあいだにさらに常民や庶民の概念までがもちこまれる日本では、国民文学のイメージは、その立場によって無数に分裂せざるを得ない。大衆文学と国民文学のあいだに横わるけわしい道は、この国民概念と、大衆概念のひきさかれた現実から派生しているといっていい。

ところで日本の大衆文学は国民文学へ発展する契機を持ち得ないものだろうか。私はそうは思わない。ただそのためには、大衆の文学自体の自己変革が必要だ。創造主体としての大衆を自覚し、その豊かな伝統に学びながら、「封建的ロマンへの傾斜」に足をすくわれることなく、民族的課題へ立ち向うとき、国民文学への可能性は拓かれてゆくにちがいない。それは民族的なものと、大衆的なものが、統一的に把握される日にはじまる。

しかし私は少し結論を急ぎすぎたようだ。「現在の大衆文学がある朝ふと一念発願して、新しい革命的な大衆性をひきだすことにつとめるようになる、などいうことにあまり大きな期待をかけぬほうがいい」(「大衆文学」)という杉浦明平の批判を思い返しながら、戦前・戦後に行なわれた国民文学論を、大衆文学の側からさぐってみることにしよう。

国民文学論は民族的（国民的）な危機意識の表現である。明治期の国民文学的構想は一応別として（それとても本質的には変りないのだが）、これまでに二度国民文学論の大きなたかまりを見ることができる。第一の時期は、日中戦争勃発から太平洋戦争開始にいたる数年間で、国策の線にそう日本的なものへの傾斜のなかで、論じられた。第二は、朝鮮戦争からサンフランシスコ体制の確立に向う時期で、民族の危機感が国民的課題として自覚されたおりである。

戦中の国民文学論は高倉テルの「日本国民文学の確立」（昭和一一年八―九月）によって口火を切られた。この論文は国民文学論争の歴史の上でユニークな位置を占めるだけでなく、大衆文学の理論史からみても重要な問題提起を行なったものといえる。彼はその文章のなかではじめて体系的な読者論を展開し、文学大衆化の基礎となる国語・国字問題へ一矢を投じた。高倉は明治いごにおける日本文学の大衆化の経路を回顧し、読者層の編成変えがもたらした文学的な変貌をあとづけていた。それによると日清戦争を転機とする日本資本主義の飛躍的な発展が、それまでの伝統的な「士族的」読者層のほかに、「平民的」読者層を生みだし、さらに日露戦争後の社会の躍進が、よりひろい文学読者層を育てたが、第一次大戦後になるともっとも文学と縁のなかった農民層までも読者に獲得するほどになる。そして今度は、その新興読者層が伝統的な文学者を自分たちの層へ吸収する奇現象を現出した。もともと文学大衆化の歴史的な基礎は、どこの国においても、かならず国民文学の確立によって固められるものだ。しかし封建的身分制度の強く残っている日本では、国民文学への道は阻まれ、文学大衆化はなかなか実現しない。それを克服するためにはまず大衆の立場からする標準日本語の統一と、表現手段としての国字問題の解決がたいせつな課題となる。（彼のこのような視点は、のちに日本の大衆小説が円朝に始まるという説へ発展するが、この論文ですでに文学の中間化現象を指摘していることは興味がある。）高倉は大衆文学の誕生をそのような読者層の要求をみたすものとしてとらえ、「大衆文学わ通俗的で、したがって低級であり、純文学わ芸術的で、したがって高級だという考え方」は「読者層の対立から生まれた何の意味もないもので」、一足とびに大衆文学へ行きつくことをためらう思いきりの悪い読者も、いずれは「大衆文学のなかに埋没する必然的な運命を持つ」であろうと述べている。

しかしこのような考えはまだ一般化されてはいなかった。谷川徹三は、当時の大衆文学を、偉大な国民文学が生まれぬうちに現れた「疑似国民文学」と手きびしく評しているくらいだ。

また浅野晃は「日本的なもの」の問題を、日本人の民族的な主体としての民衆的知性の問題に結びつけ、「寄生的知性」「寄生的文化」を克服して「民族的カオス」に立ちかえるとき、国民文学の創造ははじまると論じた。だが浅野の目指す国民文学が、「民族的カオス」を「民族的神話」におきかえ、〈勤皇文学〉へ位置をずらして行ったとき、それは民衆的知性とは無縁な存在と化してしまう。多くの国民文学論は戦争体制の強化拡充にともない思想的露はらいの役割を荷わせられた。しかしそのなかにあって執拗に国民文学本来の形を追いもとめた良心がなかったわけではない。岩上順一、赤木俊（荒正人）、杉山英樹らの仕事にそれを見ることができる。岩上が国民生活の現実を深くきびしく追究し、それを家庭的社会経済的に掘り下げるだけでなく、歴史的形成に即して探究することなしには、国民文学は一歩も前へ進まないと述べたとき、神話の形而上学化から国民（民族）を奪いかえすあらがいは、最後の抵抗を試みていたというべきだろう。彼の国民文学観は、歴史文学にたいする主観的傾向や、歴史を偶然的な事実の集積とみなす素朴な客観主義を批判し、「歴史的探究と哲学的考察の実践的統一」を提起した歴史文学論の発展として読むことができる。

赤木俊はいう。

「昨日まで愚劣きわまりない通俗・大衆小説を書きなぐって居た作家が今日は文学の名において国民に向って号令し、『国民文学』の使徒になるという事は到底信じられない。それは万才やレヴューが時局迎合の出し物を即座に何の苦もなく作るのと全く同じで、少くとも文学の世界においては将に唾棄すべき事柄である。」(「国民文学論」に触れて)

赤木俊がこの文章を発表したのは対米開戦の一年まえだが、大衆文学の体制順応は、すでに日本の中国侵略が、東北地区で火をふいた昭和六年いごの傾向であった。昭和五年の一〇月に満州各地を旅行した直木三十五は、「満州事変」の翌(昭和七)年一月に、読売新聞紙上を借りて「ファシズム宣言」を行ない、「一九三二年より、一九三三年まで、ファシストであることを、万国に対して宣言」した。直木自身はのちに「その時の文章が、いかに、ふざけていたかは、ユーモアのわかる人なら、もちろん、私の戯談とすべきものであろう」と弁明したが、彼のじょうだんが額面どおり通用するほど余裕のある時代ではなかった。彼の宣言は個人的な思惑をはなれて、政治的に別個な効用を持たされてゆく。彼は戦火が上海へ移ると間もなく現地へ飛び、なまなましい戦禍のあとを視察した。中篇「太平洋戦争」「日本の戦慄」などが、それいごにつづく時局小説のはしりとなったことは改めて記すまでもない。直木は「満州事変」前後に少壮軍人とのつきあいを深めたものらしく、第一次上海事変直後に開かれた「五日会」の会合(正確な日時はわからない。直木の記載に従っておく)には、三上於菟吉、吉川英治を含む十数人とともに出席し、参謀本部の根本中佐、武藤少佐、調査部の石井少佐らと懇談している。この「五日会」はもともと参謀本部の松崎少佐が主となって組織した少壮軍人の社交クラブ「第三クラブ」と大衆作家グループの時局懇談の集りであった。* しかし実際に話し合われたのは、満州にいる出征兵士に慰問文を書いて送ってはどうだといった程度のものだったらしい。「五日会」に集った大衆作家たちは、やがて警保局長松本学によって、新たに「文芸懇話会」へ組織されてゆく。

松本は日本新聞聯盟の事務局長を通じて、白井喬二に協力を呼びかけたが、白井は辞退し、かわって直木を推薦した。問題が具体化するのは昭和九年一月半ばに、松本、直木が会談してからである。松本の意図は「文芸奨励」に名をかりた文芸の官僚的な統制にあったが、このころになると直木の側にも国家的な要請に進んで答えようとする意識が明確に読み取れる。二三名の懇談会メンバー中、大衆作家は加藤武雄、菊池寛、白井喬二、直木三十五、中村武羅夫、吉川英治、三上於菟吉、長谷川伸の八名にすぎない。はじめの計画ではかなり大衆作家の参加が予定されていたようだが、大衆作家による文壇のファッショ化が騒がれたせいもあって、このようなメンバーに落ちついた。しかも剣豪の斬り死にも似た直木の死と、それにつづく松本学の警保局長辞任が会の性格を曖昧なものとし、物故作家の慰霊祭や遺品展覧会を行なう程度の集りに変えてしまった。雑誌『文芸懇話会』が創刊されるころには、当初の文芸統制の意図はかなり稀薄化されていたように思われる。

左翼的文化運動の最後の灯がふき消され、ファッショ化の危機が自覚されはじめた当時、文壇は昭和の文芸復興といった奇妙な狂い咲きの一時期を体験した。それは台風の予兆に似た不気味な静けさだったわけなのだが、しかし、この時期はさまざまな可能性がカオスの状態で雑居していたともいえる。文芸維新の発言、社会主義リアリズム論争、シェストフの流行、日本文芸学の提唱、転向文学、行動主義文学論、日本浪漫派の擡頭、天皇機関説問題、実録文学の主張、純粋小説論の提起、偶然文学論の提唱、私小説論の再燃、思想と実生活論争……これらの諸説が、思想的な地すべりの上にむなしい花を競ったのもそのころだ。国民文学論はそれらの問題を時代的に収斂するとともに、民族的なものへ急角度に傾斜してゆく。

中河与一の「偶然文学論」、貴司山治の「実録文学論」と「文学大衆化の三度目の提起」は、横光利一の有名な「純粋小説論」と並んで、大衆文学論の発展に大きく寄与した論稿だ。しかしここでは「国民文学論」に関連して、白井喬二の発言を紹介しておこう。

「国家のこの難局に当って、文壇面が動揺し、今にして国民文学の呼び声が喧しいが、何のことだそいつは附け焼刃だ。すでに大衆文学の発足に当ってその目標はいろいろの形で宣言している事であって、いわゆる文学の新領土建設運動が、もしも成功していたなら、今ごろは大衆文学者は民衆の陣頭に立って、御用でなく、おのれの良心の命ずるままに、何の屈託もなく有用な文学行動が執れたろう。時局に当面して起る国民文学論や民族文学論でなく、二十年前の平和時から、純文学全盛、左傾文学やプロレタリア文学華やかなりし間を潜って、ひとりその説を立てて来た大衆文学こそは便乗主義でない唯一つの生え抜きだったと云えるのだ。」（正道大衆文学観）

大衆文学を一種の文学解放運動とみる白井にとって、大衆文学の理想はそのまま国民文学の道へ通じるものであった。しかしその理想は、大衆文学が「商品」として流通する資本主義的メカニズムのなかでは変質を強いられる。白井喬二はそのことを或る座談会で「ジャーナリズムの弾圧」と称していたが、たしかに日本の大衆文学は、日本の近代文学がもつその歪みを正す新興文学として登場しながら、いつのまにか、出版資本のしもべと化し、国民文学の課題を喪失してしまった。これは「大量消費のための文学」の一面を強力に要求されている大衆文学の持つ自己矛盾だったというべきかもしれない。しかしその泥沼からなんとか脱却し、民族的な課題に即して大衆文学の自律性を回復したいという要求が、一部の大衆作家たちのあいだにうずいていたことを無視してはならないのだ。もっとも彼らは出版資本をもその掌中におさめる国家権力の真実の姿を完全に見あやまっていた。気がついたときには、強まりゆく言論・文化統制に手足をもがれ（作家の動員、主題の規制、探偵小説・股旅小説の禁止、大衆娯楽誌の統廃合）、通俗小説一般のなかに埋没していたのだ。国民文学論は大衆文学に深い傷痕を残しただけである。時代の小康状態に提唱された横光「純粋小説論」も、「もし文芸復興ということがあるものなら、純文学にして通俗小説、このこと以外に、文芸復興は絶対にあり得ない」という一句を残したまま、文学的頽廃のなかに長い冬眠を過ごすことになる。その復活は織田作之助の登場まで待たなくてはならなかった。

戦後の国民文学論争は、一般に竹内好と伊藤整の往復書簡（昭和二七年五月）からはじまったとされている。しかし竹内はその前年にすでに「近代主義と民族の問題」で、ひとたびは汚濁のなかにおかれた「国民文学」をとりもどそうと努めていた。「処女性」を失った日本が、それを失わないアジアのナショナリズムに結びつく道は絶望に近い。しかし絶望に直面したときかえって心の平静は得られる、否定的な契機を経て、創造の根元に行きつき、他力にたよらず一歩一歩前進することによってその絶望を希望に転じることが可能だ、たとえ道が開かれなくても、そのときは民族とともに滅びるだけで奴隷となって生きながらえるより、はるかによいという竹内の言葉は、階級と民族をふくむ全人間性の完全な実現なしには国民文学は達成されないとする認識と合せて、彼のナショナリズムへの対決が生んだ表現であった。彼における ナショナリズムの伝統への回帰は、同時に近代主義にたいする厳しい批判を伴っていた。それが魯迅精神に学ぶことにより、彼自身の肉声と化した自覚であったことはいうまでもない。彼にとって国民文学の提唱は、文学創造の課題であるばかりでなく、日本民族の活路にかかわる問題であった。

国民文学論争の推移をたどることは、私の論の主意ではない。問題を大衆文学に即して考えてみたい。

戦後の大衆文学論はそのほとんどが、戦前の挫折にそのまま継木する形で再生した。昭和一〇年以後に精力的に理論活動を行なった中谷博の説は、『思想の科学』グループのコミュニケーション研究にひきつがれ、かつてプロ文学内部で論議された文学大衆化論争は、民主主義文化連盟・民主主義科学者協会芸術部会・歴史部会をはじめ新日本文学会を含むいくつかの進歩的文学集団で大衆芸術論の一環として討議され、横光の「純粋小説論」は、織田作之助の「可能性の文学」のなかによみがえり、中間小説の先駆的役割を果した。これらはいずれも「国民文学論」と不可分に結び合っており、その一側面をなすと見ることもできる。

大衆文学を大正中期に成立した新興文学とみなし、通俗的文学と明確に区別する中谷博の説には、一種の読者論がはじめから想定されていたが、彼の考えを批判的に摂取した『思想の科学』グループは、さらに問題を、作品の内容分析、受け手の反応分析、社会的な効果分析へと発展させ、社会心理学的方法を駆使して大衆の思想にせまった。また桑原武夫は、中谷の意見に学び、文学的感動とそれを支える〈おもしろさ〉の分析へと問題を煮つめてゆき、「大衆文学論」(昭和二五年二月)をまとめた。彼は文学のおもしろさをつぎのように要約する。「文学のおもしろさは、慰みもののそれとは異なり、人生的なおもしろさである。また作者が読者に迎合しておもしろがらせる受動的なものではなく、作者の誠実ないとなみによって生まれた作品中の人生を読者がひとごとならず思うこと、つまりこれにインタレストをもって能動的に協力することである」(『文学入門』)。またすぐれた文学とは「ある感動を経験したあとでは、われわれが自分を何か変革されたものとして感ぜずにはおられないような作品」だというが、では日本の大衆文学はどう評価されるだろうか。すぐれた文学には人生における新しい経験の形成(人生の発見)があるのにたいして、通俗文学にはそれがなく、前者は価値を生産し、精神を変革し、リアルな性格を備えているのにくらべ、後者は再生産的・温存的・観念的にすぎず、通俗作家は、多数読者の要求に応じて既成の観念を形象化するだけだ——これが桑原武夫の大衆文学観であった。彼の理論は、大衆文学に正面から取り組んだはじめての労作で、文学のおもしろさと、その商品的側面に光をあてた劃期的な論文だといえる。戦後間もなく「第二芸術論」を書いて伝統文学に痛烈な批判をあびせた桑原が、「大衆文学論」を発表したころから、逆に伝統的なものに接近し、「大菩薩峠」などにも見られる日本文化の底部にひそむ封建的で古風なサムライ的、儒教的な層、およびなおその下によどんでいる規定しにくいシャーマニズム的な地層、そういったものへ関心を向けはじめるのは興味がある。彼のその歩みを冷静に眺めると、近代主義者というレッテルは、やや見当ちがいに思えてくるのだが……。（桑原武夫を中心に、多田道太郎、樋口謹一、鶴見俊輔、梅棹忠夫らの「大衆文化研究グループ」が大衆小説とくに「宮本武蔵」に取り組むのは、昭和二四年からである）。

竹内好の大衆文学論は、桑原のそれを踏まえて提起されている。

「国民文学の不成立は、いいかえれば近代文学の不成立、あるいは不完全ということであって、そのあらわれが、文壇文学と大衆文学の乖離という特殊な現象になるわけだ。

「読者の相対的な量だけを目安にして、多く読まれるのが国民文学だという考え方（林房雄氏など）は排除しなければならない。この卑俗な見方はまちがっている。中里介山や吉川英治を、国民文学のモデルにすることはできない。その理由は自明である。日本人の身分的疎隔をそのままにして、国民的解放を指向することなしに、コマーシャリズムの悪しき利用の上に立って現状維持の自己主張をやっているからだ。国民文学は、特定の文学様式やジャンルを指すのでなく、国民の全体としての文学の存在形態を指す。しかも歴史的範疇である。デモクラシーと同様、実現を目ざすべき目標であって、しかも完全な市民社会と同様、実現の困難な状態である。」（国民文学の問題点」）

竹内好はさらに国民文学の建設は、大衆文学と文壇文学を破壊することなしには実現しないという。そして現状のままの大衆文学を手段として利用するのは、天皇崇拝の心理を手段として利用するのと同様、かんじんな国民的解放のさまたげになると説く。だが大衆文学を打破し、それと同根の文壇文学を破壊するだけでは国民文学は生まれない。「或る朝ふと一念発願して」という具合にうまくはゆくはずがない。それはくりかえしていうが、文学創造の課題である前に、日本人の生き方そのものにかかわる問題だからだ。ここで彼の吉川英治論に眼を移してみよう。

「（吉川英治）の作品がよくよまれるのは、その芸術性においてよまれるので、芸術性と離れた大衆性においてよまれるのではない。多数の読者に媚びるのが通俗作品で、少数の読者に媚びるのが芸術作品であるという区別は、文壇ギルド内部でしか通用しない価値判断である。むしろ私は、吉川の作品に、純文学とよばれる作品の多くよりも、いっそう深い芸術性を感ずる。かれはけっして、批評家がいうように、読者に媚びてはいない。非常に多くの部分で媚びているにしても、ある根本の一点では、読者に媚びるのではなくて、逆に読者を引きずっている。

「菊池寛や、大仏次郎や、山本有三のようにブルジョア的な作家たちは、戦争を通じてファシズムに消極的に抵抗しながら屈服していったが、吉川英治は逆にファシズムを組織した。……戦争中のかれの行動を、人は便乗のようにいって非難するが、私は便乗とは思わない。かれは右翼に媚びたのではなく、右翼がかれに膝を屈したのだ。」

ながい引用になったが、竹内好が吉川を逆に「ファシズムを組織した」といい、「右翼がかれに膝を屈した」と述べたことは、大衆文学の体制順応について多くの示唆をあたえる。このことは、吉川英治文学を支える大衆とファッシズムの関係におきかえて考えることも可能だろう。吉川英治(にかぎらず多くの大衆作家)が描く人物像は、いずれも庶民的な境遇に生い育ち、貧しさや権力の圧迫に抗しながら、ついに自我を貫徹し、権力に妥協を迫って、その妥協のうえに安息を見出すタイプが少なくない。それは庶民がながい生活の苦闘の結果身につけた処世術でもあるのだが、同時に変革へと発展する契機を、それ自体において放棄しているわけだ。桑原武夫が大衆文学のモラルを温存的といい、価値について再生産的だと指摘したのはその点を指すのだろう。大衆はどこにもすがりつく手がかりや足場をもたずに、政治の暴力にさらされる場合がある。彼らはその危機を脱するために、自力更生の手段をめぐらし、時にはずるがしこく振まうこともないわけではない。しかしそれはすべて生活の必要にせまられたギリギリの行為であり、本質的に彼らの誠意を否定する材料ではない。予定調和を思わせる動きのなかから、その状況をつきやぶる契機の発見は、近代主義的な外来の諸思想・諸技術では不可能だ。内発的な欲求が、その予定調和を崩すだけのエネルギーにまでたかめられない限り、環境の苦しさはふたたび彼らの生活をとえはたえにとりまいてしまう。これはしかし吉川文学だけの問題ではなさそうだ。吉川は服部之総の「尊攘戦略史」(昭和六年七月)を読んで、連載中だった「檜山兄弟」の構想を改めようとしたと、或る新聞の対談で告白している。だがそれは村松梢風が平手造酒を主人公にした長篇で、煙突男を登場させたことと本質的にかわりない。吉川英治が服部からなにを学んだかは(いや学ばなかったかは)、彼のそれいごの軌跡が雄弁に物語る。吉川文学を国民文学とみなすことはいろいろな意味で問題だ。「新平家物語」のはじめの数章には、国民文学への可能性を期待させるものがあった。しかし話が発展するにつれて、問題はいつか封建ロマンへとすりかわってゆく。だが吉川いがいにその可能性をあれほどにしめした作家がはたしていたであろうか。彼の文学は国民文学へ発展するための内発的契機をつかめないまま、歴史学の戦後的な展開にやや安易にのりすぎたきらいがある。五味川純平の「人間の条件」にしても、状況はあるが歴史はない。

日本人の歴史観はほとんど自然観と同居している。過去が歴史として体系化されるまえに、四季のうつりかわりを観照することにおきかわってしまう。輪廻はあっても、歴史はなく、すべては過去から未来へつづく時間の流れとして諦観される。日本の歴史小説がアクチュアルに乱世のすがたを追いながら、その底に一種のあきらめに似た宿命観をひそませてきたことは、そのことと無関係ではあるまい。

国民文学の成立が社会的にはばまれている日本では、歴史との対決はつねにこのような壁にぶちあたり、それをどう変革するかに苦慮してきた。鷗外はそれを家系の丹念な調査によって克服しようとし、別の作家はその人間劇をフェータルな関係でとらえ、予定調和させることで眼をつぶろうとした。そのいずれもが、歴史を志しながら、歴史から遠ざかり、歴史の断面にいどみながらそれを連続性においてつかみきれない結果となった。わずかにのこされた道は、血統をさぐり、祖先をさぐる手段を体系化し、歴史法則に近づける試みだった。たとえば外村繁の「筏」は近江商人の家を祖父の代までさかのぼって、そこにみずからの血脈をさぐり、中山義秀の「碑」は常陸石岡藩松平播磨につかえた作者の祖父たちがモデルとされた。江馬修の「山の民」四部作には著者の父江馬弥平が登場するし、久保栄の「のぼり窯」も「掌のなかの自叙伝」によると、祖父と父が経営していた煉瓦製造業が背景になっていることがわかる。榊山潤の「歴史」三部作も、主人公片倉新一郎は作者の義父にあたる人物をモデルに据えていた。とくに藤村の「夜明け前」の主人公青山半蔵が、藤村の父島崎正樹にあたることは有名だろう。こうみてくると、意外と、血肉の関係をたどって歴史に相わたり、過去をさぐることで、人間の歩みを凝《みつ》めようとした作品が多い。歴史文学におけるこのような試みは、国民文学への道をともかくも家の歴史のなかでとらえなおそうとする要求の現れではないのか。

大衆文学もその例外ではない。

子母沢寛の江戸幕末を背景にした連作が、祖父梅谷十次郎にたいする郷愁と回帰に基づいていることでも、そのことは裏書きされる。おそらく立野信之が敗戦体験を座標軸にすえて、「太陽はまた昇る」で第二次大戦を、「叛乱」で二・二六事件を、「落陽」で「満州事変」を、「黒い花」で大杉栄らの無政府主義者の動きを、「赤と黒」で大逆事件をたしかめながら、さいごに「明治大帝」にゆきついたコースとパラレルにみることができよう。

日本の近代文学は発生当時、民族的伝統をどう継承するかという難問題をうかつにも無視し、いきなり西欧近代化のコースに範を求めようとした。近世から近代への転換期に、ふり落された諸問題は、未解決のままわれわれの前にある。大衆文学の成立はいわばその克服を意味したが、成立時にすでにはらんでいた矛盾、その商品的性格に足をとられて、通俗化・卑俗化の道を急ぐことになった。

現在ある大衆文学から国民文学の可能性がそのままひらかれるとするのは謬見だが、大衆文学のもつ民族的な指向、大衆的な伝統を、日本人の骨格にまで掘りさげることを怠っては問題は一歩も進まない。

こおろぎの歌は素朴な農民をよろこばすことはできても、まだ自分の笛に合わせて上手に踊る無心な羊飼いをうっとりさせるところまでは到っていないからだ。

* この部分の記載は、主として直木のエッセイ「軍部との会見」「何故に軍部の旗を担ぐか?」に従った。参謀本部の根本中佐が、支那班長根本博を、武藤少佐が第二部四班長武藤章を指すことは推測できるが、石井・松崎両少佐についてはまだ確認できないでいる。調査部というのがどの所轄へ属すものかも不明だ。

9　戦後の大衆文学

戦後の文学は活字なら何でもといった文化飢餓の状態からはじまった。そして織田作之助が「虚構性や偶然性のロマネスクを、低俗なりとする一刀三拝式私小説の芸術観は、もはや文壇の片隅へ、古き偶像と共に追放さるべきものではなかろうか」と書いたとき、大衆文学はその再生を自覚したわけであった。〈小説本来のおもしろさ〉を目指して突き進んだ彼が、マスコミとの悪戦苦闘の結果自沈してしまう姿は、戦後そのものである。戦後の中間小説は、彼の屍のうえに絢爛とした花を結んだ。

戦前からの風俗作家たちが、社会性抜きの風俗絵図として、占領時代の社会相を写し出してゆくと同時に、こうして生まれたいわゆる中間小説は、小説の俗化をともないながらも、一種の文学平均化運動として、それ以後のマスコミ文学に道を拓いた。これは大正期の第一次大衆社会状況が、大衆文学を胎生させたことと同様に、マスコミの飛躍的発展にともなう読者層の増大がもたらした変貌である。

戦中・戦後を通しての価値の転換は、読者の好みをも大きく変えた。近代戦のもつ非情さをいやというほど味わってきた読者が、それまでの観念的な通俗小説にあきたらなくなったのも当然であった。天皇制に象徴されるいっさいのタブーから解放され、強い「家」の桎梏を抜け出した大衆は、吉屋信子に代表される貞操小説をはなれて、肉体を思想とする田村泰次郎や舟橋聖一の作品へ向い、三島由紀夫を経て、「姦通」から「よろめき」へと作品の主題を変えてゆく。またユーモア小説が佐々木邦の小市民的ダンラン小説の枠をとびだし、源氏鶏太や中村武志のサラリーマン小説や、石坂洋次郎の青春明朗小説へ進出したのも、時代の空気を敏感に反映した結果であろう。時代小説は戦時中からひきつづいてきびしい禁圧のなかに戦後を迎えた。チャンバラを否定され、封建的モラルを批判された時代小説は、山手樹一郎の明朗小説や邦枝完二の芸道ものでわずかに息をついていたにすぎない。しかし夕刊の新聞小説が復活する前後になるとふたたび戦前の活況をとりもどし、昭和三〇年代に入ると、新しい剣豪小説が時代のニヒル剣士を不死鳥のようによみがえらせる。その皮切りの役をしたのは、野村胡堂を中心にした捕物作家たちであった。捕物帖は戦前を上まわるブームをつくり、この盛況のなかで「捕物作家クラブ」が誕生する。これより少し前に江戸川乱歩を会長に「日本探偵作家クラブ」が設立されたことが直接の刺激となったわけだが、それはチャンバラをうばわれた時代小説作家の屈託のはけ口でもあった。長く沈黙を守っていた吉川英治が、「高山右近」でカムバックし、村上元三が「佐々木小次郎」をもって吉川英治の牙城である求道者武蔵の像に挑戦したのは、チャンバラ小説の復活を特長づけたといってよかろう。直木賞もこの気運のなかで再出発する。

しかし戦後の大衆文学がマスコミ文学としての性格をととのえはじめるのは、民放・テレビの放送開始いごのことである。昭和三〇年前後の一時期をエポックとして、その前と後とでは、いちじるしく大衆文学の在り方が変貌している。それはメディア面では週刊誌ブームであり、作品の上では、週刊誌読切スタイルの定着と、それを土台にした剣豪小説の流行であった。五味康祐の「柳生武芸帳」(昭和三一年二月より『週刊新潮』に連載)、柴田錬三郎の「眠狂四郎無頼控」(昭和三一年五月より同じく『週刊新潮』に連載)の二長篇読切小説の登場が、それを代表する。これは剣豪ブームによる活字文化の視聴覚文化にたいするまきかえし作戦でもあった。さらに出版企業は、文学賞のショウ化、作家のタレント的効用をマスコミの前面におし出し、一大キャンペーンを開始する。石原慎太郎の魅力的な出現がなによりもよく当時のマスコミ状況を表現しているといってよかろう。新聞は作家の年間所得額を番附に仕組み、グラビヤ・ページはようしゃなく作家のプライバシーをおかしはじめる。彼らは作家という名の芸能人として、マス状況に、別個の機能を持たされるわけだ。無名の文学青年が、一夜明ければ文壇の寵児になっているという奇蹟が、夢ではなくったのもこの時代の表徴であろう。

このキャンペーンは成功した。かつて大衆文学が映画・演劇ともちつもたれつの相互扶助によって発展したように、今や活字文化は作家をタレント化することによって「商品」の有効性を高め文学の堅塁を守り抜こうと懸命に努めている。

さらにもう一つ重要な現象をあげておこう。それは松本清張の出現だ。彼は五味康祐とともに、昭和二七年の下半期の作品で芥川賞をもらっている。しかし一躍文壇の流行児になったわけではない。推理小説ブームのきっかけをつくった「点と線」は、昭和三二年に書きはじめられたのだ。それまで「謎とき小説」としてサロン的なファンに守られてきた探偵小説は、清張の出現によってはじめて社会的なひろがりを持った。観光ブームと一体をなして、彼の文学ファンは加速度的にふえ、それまでミステリーを読もうとしなかったBGや家庭の主婦層にまで範囲をひろげることに成功した。しかも彼はその読者とともに歩みをつづけ、変格派のもつ社会性を、組織と人間、政治と個人の関係にまで発展させ、「日本の黒い霧」を執筆して戦後政治の核心に触れただけでなく、さらに企業小説・産業スパイ小説とつづく、一連の諸作家の登場を促した。彼は推理小説に日常性を導入した。物理的なトリックのかわりに心理的な問題を据え、犯罪の動機を重視し、その動機を支える社会性を考えることで人間に迫ろうとした。超人的な探偵に代って平凡な隣人たちが登場する点が、一般の読者に一種の親近感をもたらしたことも無視できない。やがて社会的な矛盾を衝くために、ミステリーの手法をもちいる作家がつぎつぎと現れるようになる。伊藤整はかつて清張を「プロレタリア文学が昭和初年いらい企てて果さなかった資本主義社会の暗黒の描出に成功した」と書いたことがあるが、貴司山治が提唱した大衆化論は、ここにはじめて一つの結実を生むに到ったといえる。また宇宙時代の開幕はSF（サイエンス・フィクション）に存在理由をあたえた。『ファンジン』の日本版ともいえるSF同人誌『宇宙塵』は、昭和三二年に創刊されたが、マスコミの中心的話題とはまだなっていない。しかしミステリーが現代人のストレスからの解放を或る部分で代行していたように、SFは社会的疎外からの回復を求める意識によびかけてくれる。SFが本格派追求のきびしさからはなれて、ナンセンス文学としてみずからを自覚したときブームは起こると思われるが、時代の技術革新が進むにつれて、その可能性もまた認められるにちがいない。

『経済白書』が、もはや戦後ではないと銘うった時期を境に、このような変貌が加わったことは興味がある。時代小説はこの前後二つの傾向へ分岐していった。一つは「大人の文学」と称される作品群で、海音寺潮五郎、子母沢寛、山本周五郎、長谷川伸などの諸作がそれに当り、他は柴田錬三郎や山田風太郎の忍者ものである。どうしてこのような分裂が生まれたかは、即断できない問題だが、ともかく大衆文学の可能性が「忍法帖」シリーズから「樅ノ木は残った」までのあいだで、試《ため》されていることは疑えない。

戦後の大衆文学は、かつての新興文学としての自覚を喪い、マスコミ文学とでもいうべき方向に、体質を変えてきた。出版資本の奴隷と化したにがい経験もつかの間、ふたたびマス化・マスコミ化の波は、その足もとを洗いはじめた。しかし本来的な大衆文学の目的は、どのような状況においても変ることなくわれわれの前にある。それは既成文学のゆがみをただし、より広い層と握手しようとした国民文学の課題だ。

もう一つの修羅を生きる庶民の伝統は、円朝から二葉亭へと継承され、近代文学の流れのなかに生きるべき性格のものであった。しかし二葉亭は表現の上で話芸の伝統に学んだだけで、大衆がながい歴史をかけて培ってきた本格的ロマンへの指向を正しく汲みとることはしなかった。それは二葉亭の責任というより、当時の日本社会のゆがんだ欧化主義の負うべき責任であろう。その結果日本の文学は民族的伝統の継承発展において重大な蹉跌を演じ、既成文学の打倒を目指すプロレタリア文学までが近代主義の迷妄におかされる始末となった。われわれはまず日本人の思想と取り組み、民族的な思考と、その文学的表現を批判的に継承することから近代をはじめなくてはならなかったのに、それをしなかった。近代化のゆがみは、文学者たちの意識にまで喰い入ってそれを腐触させてきた。

大正末期に成立した大衆文学は、その批判的克服を第一の目標にすべきだったが、大衆社会状況は大衆文学がもつ大衆性を通俗性の次元で活用し、文学的ダンピングを強いた。この傾向はさらに戦時下の言論、文化統制によって頽廃におしやられたが、それから立ちなおることなく、戦後のマスコミ状況は戦前にもましてはげしく大衆文学の内的変化を促そうとしている。

しかし大衆文学は大衆とともに生きてゆく。大仏次郎は「作品には、作者だけが書くものと、読者が書くものと両様ある」と書いたことがあるが、大衆はもともと大衆文学の創造主体である。大衆に盲いた部分と、さめた部分があるように、文学に盲目的作品と自覚的なものがあるのもやむを得ない。しかしくりかえしていうが歴史は大衆によってしか創造されないものだ。既成文学と大衆文学をともに否定的な契機においてつかむことは、国民文学の道を模索する一つの方法であろう。

大衆文学を「おもしろさ」に名をかりた「通俗性」の泥沼に埋没させてしまっては、新しい未来は約束されない。そのためには「商品」としての文学の在り方を、あらためて検討すると同時に、日本人のどろどろした意識の深層までさぐり入って、大衆文学を支える大衆の素顔に触れてみる必要がありはしないか。

大衆文学を読もうとする願いそのものが、リクツを拒否する要求だといわれてきた。しかしなぜリクツを拒否するかは、考えられていないのだ。

「小説のもっとも大切な特質は、楽しくなければならぬということだ。この特質が欠けているようでは、他にどのような長所があろうと、何の用もなさない」といい、その「楽しみが知的なものであればあるほど、それだけその作品はすぐれたことになる」というサマセット・モームの言葉を通俗化のなかに汚してはならない。大衆文学のおもしろさは、大衆の求めるおもしろさの質を、たかめる操作のなかで発揮されるべきではないか。

おわりに

この本のさいごの行を書きおえたとき、私は大衆文学について書くべきこと、書かねばならないことの十分の一も尽していないことに気づいた。どうやら〈私の大衆文学論〉はこの本のおわったところからもうひとつ始まるらしい。しかしいちどは、このようなかたちで大衆文学論をまとめておきたいとかねがね願っていた。消耗品としての大衆文学のうず高い山にかこまれていると、そこに一貫するなにかの流れを見いだしたい思いは強くなる。論争史的な展望をもつことによって、いわば日本の大衆文学の背梁をなす骨格をとらえてみたいという考えは、私ひとりのものではなかろう。それは大衆文学を商品的な側面からだけ認識することへの不満でもあった。狭義の大衆文学は活字時代のマスコミ状況における現れにすぎない。そこへ到る長い長い先行形態のなかには、日本人のよろこび・かなしみが未分化のまま存在する。それに形をあたえたのが大衆文学であったはずだ。国民文学談義の不毛をさとらされたとき、私の思いはこのような問題へと強く牽引された。この本が時代小説にほとんどの枚数をついやしてしまったのもそのためである。日本の家庭小説については別に書く。大衆文学の実作にほとんど触れなかったことも、他の機会におぎなってゆきたい。伝統とはもともと否定的な契機によってしかつかまえられないものだ。大衆文学を愛しその権利請求を敢えて行なう道も、それ以外にはあり得ないだろう。そのあるべき姿は民族＝国民＝大衆の一元化のなかにふくまれるように思われるのだ。

（引用した文章はすべて現代かなづかいに改め、一部の漢字をひらがなに改めたことをおことわりしておきます。

なおここで触れられなかった作家・作品論、大衆文学の各論については勁草書房から出版された『大衆文学論』を参照していただければ幸いです。）

文献

大衆文学の文献的な考証ははじまったばかりだといえる。推理小説の分野では江戸川乱歩が新潮社版『乱歩選集』第九巻の巻末に日本探偵小説の全集・叢書目録を附していらい、中島河太郎の献身的な努力ともあいまって、ほとんど完璧にちかい文献一覧を読むことができるまでになった。しかし日本の大衆文学全般については、概説書はもちろん、文学史も理論史もとぼしい現在、四〇年にわたる歴史を体系的に鳥瞰することは困難だ。ここにはその代表的な文献を選んだにすぎない。なおスペースの都合で収録作品名は特別なもの以外ははぶいた。未見のものは『出版年鑑』その他で補ったので不備な点があるかもしれない。

＊ 研究・評論

1 木村毅『大衆文学十六講』 昭8 橘書店
「大衆文学がユダヤ人扱いにせられた期間は随分長かった」の一句が語るように、日本ではじめての概説書。「大衆文学と純文学の境界」（昭8）、「大衆文学発達史」（昭3）のほかに著者の欧米大衆文学紀行を収録。のちに『新版大衆文学案内』と改題された。

2 大熊信行『文芸の日本的形態』 昭12 三省堂
独自な新聞小説論。「恋愛・映画・新聞小説」「新聞文学の存在形式」「文学における読者の問題」（いずれも昭10）など一〇篇の評論を収録。文学を消費者の観点から追究した『文学のための経済学』（春秋社昭8刊）とともに、文学の商品的側面を考える上で欠かすことのできない先駆的業績。著者には別に『文学と経済学』（大鐙閣昭4刊）がある。

3 中谷博『早稲田精神』 昭15 大観堂書店
「大衆文学本質論」（昭9）、「大衆文学発生史論」（昭14）をはじめ刊行時までに発表した著者の大衆文学論・作家論を収録。大衆文学を知識人による既成文学打破の新興文学とみる立場が強い。

4 正宗白鳥『作家論』II 昭17 創元社

5　「大衆文学論」(一)(昭6)(二)(昭7)を含む。

6　伊集院斉『大衆文学論』　昭17　桜華社出版部
アメリカの大衆文学と比較して浪漫的性格に着目し、その「慰安的効用」と「教育的効用」を論じた。

民科芸術部会編『大衆芸術論』　昭23　解放社
一種の通俗芸術批判。芸術大衆化問題を継承しようとする意図をもつ。キクチ・ショーイチ「文学における通俗性」、赤木健介「探偵小説論」を含む。

7　桑原武夫『文学入門』　昭25　岩波新書
文学のおもしろさにメスを加えた本格的な論考。「大衆文学論」(昭25)を収録。

8　思想の科学研究会編『夢とおもかげ——大衆娯楽の研究』　昭25　中央公論社
「思想の科学」グループが発足いらい進めてきた大衆娯楽調査の一応の成果を、大衆小説・流行歌・映画・演劇・寄席娯楽の各分野にわたってまとめたもの。この共同研究のなかから桑原武夫を中心とする「大衆文化研究グループ」や加太こうじらの「大衆芸術研究会」が育ってゆく。鶴見俊輔「日本の大衆小説」、武田清子「吉川英治の思想と作品」、川口正秋「久米・菊池の小市民文学」を含む。

9　鶴見俊輔『大衆芸術』　昭29　河出新書
「大衆小説について」「大衆芸術の研究」「まげ物の復活」「殺し技法の低さ」等を収録。のちに筑摩書房から刊行した『誤解する権利』(昭35)と併読するようにすすめたい。

10　南博『日本人の娯楽』　昭29　河出新書
「大衆娯楽」「チャンバラの流行」「君の名は」「日本の大衆文学」等を収録。鶴見とともに「思想の科学」グループの大衆芸術研究を推進した著者の評論集。

11　高橋磌一『歴史家の散歩』　昭30　河出新書
松島栄一・高橋磌一は民科の大衆文学批判を代表する。彼らの論及は文学の通俗化批判にはじまり、やがて国民文学論へと架橋する役割を荷った。「吉川英治の秘密」(昭25)「大衆小説の歴史性」(昭26)「時代物を読む気持」(昭26)を収録。のちに『歴史の眼』(三一新書)と改題して再刊。

12 佐藤忠男『裸の日本人』 昭33 光文社

大衆娯楽・芸能を手がかりにして日本人の性格に迫ったもの。『日本の映画』(三一新書)『斬られ方の美学』(筑摩書房)とともに大衆文学論の展開にも多くの示唆をあたえる。

なお福田定良の『民衆と演芸』(岩波新書)、『日本の大衆芸術』(青木書店)、『娯楽映画』(紀伊國屋新書)なども学ぶべきものは多い。

13 大井広介『ちゃんばら芸術史』 昭34 実業之日本社

ユニークな回想的チャンバラ映画論。

14 荒正人・武蔵野次郎編『大衆文学への招待』 昭34 南北社

大衆文学の簡便な案内書。武蔵野次郎「大衆文学試論」、荒正人「大衆文学史」、長谷川竜生「大衆文学の構造」をはじめ三〇数篇の作家・作品論・エッセイ等を収録。名作解題・新聞小説年表を附す。

15 榊山潤・尾崎秀樹『歴史文学への招待』昭36 南北社

前著につづく招待シリーズの一巻。大衆文学に関連するものでは高橋磌一「大衆小説の歴史性」、田野辺薫「『新平家物語』と歴史小説」、武蔵野次郎「歴史小説の剣豪」、進士慶幹「敵討と歴史」、大井広介「歴史文学寸感」、足立巻一「立川文庫と猿飛佐助」その他がある。のちにこの招待シリーズの編者である武蔵野次郎・尾崎秀樹らによって「大衆文学研究会」が創設されるきっかけをつくった。

16 尾崎秀樹『殺しの美学』 昭36 三一新書

時代小説の主人公論。「底辺の文学史」を附す。

17 柳田泉・勝本清一郎・猪野謙二編『座談会明治文学史』 昭36 岩波書店

木村毅の参加を得た「明治の大衆文学」を含む。

18 大岡昇平『常識的文学論』 昭37 講談社

「蒼き狼」批判をきっかけに展開された著者の論争集。文学変質説批判として一貫している。

19 十返肇『実感的文学論』 昭38 河出書房新社

十返肇には大衆作家・作品に触れた評論・解説は少くないが、体系的にまとめられてはいない。遺稿となったこの著書は純文学変質説に関連して書かれたものだけに、作者の大衆文学観を比較的容易に把握することができる。

20 尾崎秀樹『大衆文学』 昭39・紀伊國屋新書
21 足立巻一・尾崎秀樹・山田宗睦『忍法』 昭39 三一新書
22 森秀人『日本の大衆芸術』 昭39 大和書房
23 高木健夫『新聞小説史稿Ｉ』 昭39 三友社
24 中島河太郎『日本推理小説史』 昭39 桃源社
25 桑原武夫『「宮本武蔵」と日本人』 昭39 講談社現代新書
26 中島河太郎『推理小説展望』 昭40 東都書房
27 尾崎秀樹『大衆文学論』 昭40 勁草書房
28 尾崎秀樹『さむらい誕生——時代小説の英雄たち』 昭40 講談社
29 吉田健一『大衆文学時評』 昭40 垂水書房
30 尾崎秀樹『大衆文化論——活字と映像の世界』 昭41 大和書房
31 日本近代文学館編『日本近代文学』 昭41 読売新聞社
尾崎秀樹『大衆文学』を収録。
32 足立巻一『大衆文学の伏流』 昭42 理論社
33 桑原武夫『文学理論の研究』 昭42 岩波書店
34 興津要『大衆文学の映像』 昭42 桜楓社
35 鶴見俊輔『限界芸術論』 昭42 勁草書房
36 日沼倫太郎『純文学と大衆文学の間』 昭42 弘文堂新社
37 長谷川泉『近代日本文学の機構』 昭42 塙書房
「大衆文学論」を収録。
38 吉田精一編『現代日本文学の世界』 昭42 小峯書店
長谷川泉「大衆文学と世相」を収録。
39 福田清人・小久保武編『菊池寛』 昭43 清水書院
40 尾崎秀樹『英雄伝説』 昭43 徳間書店
41 正岡容『日本浪曲史』 昭43 南北社
42 尾崎秀樹『大衆文学五十年』 昭44 講談社
43 尾崎秀樹『大衆文芸地図——虚構の中にみる夢と現実』 昭44 桃源社
44 岩本二郎『ちゃんばら人間論』 昭45 日本基督教団出版局
45 木村久邇典『山本周五郎襍記』 昭45 中央大学出版部
46 尾崎秀樹『伝記 吉川英治』 昭45 講談社

47 尾崎秀樹・多田道太郎『大衆文学の可能性』 昭46 河出書房新社
48 岡田貞三郎述・真鍋元之編『大衆文学夜話』 昭46 青蛙房
49 伊藤秀雄『黒岩涙香——その小説のすべて』 昭46 桃源社
50 狩々博士『ドグラ・マグラの夢——覚醒する夢野久作』 昭46 三一書房
51 中島河太郎『推理小説の読み方』 昭46 ポプラ社
52 木村久邇典『続山本周五郎』 昭47 中央大学出版部
53 柞木田龍善『中里介山伝』 昭47 読売新聞社
54 山村正夫『推理文壇戦後史』 昭48 双葉社
55 中谷博『大衆文学——その本質、その作家』 昭48 桃源社
56 武蔵野次郎『文芸評論 時代小説』 昭48 春陽堂書店
57 前田愛『近代読者の成立』 昭48 有精堂
58 権田萬治『宿命の美学——推理小説の世界』 昭48 第三文明社
59 木村久邇典編『研究・山本周五郎』 昭48 学芸書林
60 尾崎秀樹『修羅 明治の秋』 昭48 新潮社
61 奥野健男『無頼と異端』 昭48 国土社
中里介山、国枝史郎、山本周五郎を収録。
62 大岡昇平『歴史小説の問題』 昭49 文藝春秋
63 高木健夫『新聞小説史——明治編』 昭49 国書刊行会
64 山田宗睦『山本周五郎——宿命と人間の絆』 昭49 芸術生活社
65 尾崎秀樹『文壇うちそと』 昭50 筑摩書房
66 佐藤忠男『長谷川伸論』 昭50 中央公論社
67 原忠彦『虚構の世界における男と攻撃性』 昭50 思索社
68 権田萬治『日本探偵作家論』 昭50 幻影城
69 九鬼紫郎『探偵小説百科』 昭50 金園社
70 西原和海編『夢野久作の世界』 昭50 平河出版
71 伊藤秀雄『黒岩涙香伝』 昭50 国文社
72 尾崎秀樹『英雄再発見』 昭51 時事通信社
73 尾崎秀樹『歴史文学論』 昭51 勁草書房
74 野口冨士男『座談会 昭和文壇史』 昭51 講談社
和田芳恵・尾崎秀樹「大衆文学の動向」を収録。

75 山村正夫『わが懐旧的探偵作家論』 昭51 幻影城
76 高木健夫『新聞小説史――大正編』 昭51 国書刊行会
77 磯貝勝太郎『歴史小説の種本』 昭51 日本古書通信社
78 尾崎秀樹『異形の作家たち――ロマンを追う人びと』 昭52 泰流社
79 尾崎秀樹『子母沢寛――人と文学』 昭52 中央公論社
80 村上光彦『大佛次郎――その精神の冒険』 昭52 朝日新聞社
81 奥野健男『山本周五郎』 昭52 創樹社
82 尾崎秀樹『評論 山本周五郎』 昭52 白川書院
83 津井手郁輝『探偵小説編』 昭52 幻影城
84 志村有弘『近代作家と古典――歴史文学の展開』 昭52 笠間書院
85 伊藤秀雄『黒岩涙香研究』 昭53 幻影城
86 尾崎秀樹『海音寺潮五郎・人と文学』 昭53 朝日新聞社
87 山村正夫『続推理小説戦後史』 昭53 双葉社
88 木村毅『私の文学回顧録』 昭54 青蛙房

* 自伝・随想・エッセイ

1 三田村鳶魚『大衆文芸評判記』 昭8 汎文社

昭和六年から七年へかけて『日本及日本人』誌上に連載した大衆文学の作品論評。主として鳶魚の専攻する近世文芸研究の面から時代考証や風俗描写のあやまりに手きびしく論及している。俎上にのせられた作品は「赤穂浪士」「南国太平記」「富士に立つ影」「鳴門秘帖」「大菩薩峠」「旗本退屈男」など代表的な一〇篇。

2 笹本寅『文壇手帖』 昭9 橘書店

時事新報の学芸記者だった著者の作家訪問記をはじめ、大仏次郎、白井喬二、吉川英治ら一一名の大衆作家の文壇ゴシップ。

3 直木三十五『直木三十五随筆集』 昭9 中央公論社

4 甲賀三郎『犯罪・探偵・人生』 昭9 新小説社

5 田村栄太郎『歴史の真実を衝く』 昭10 学芸社

「大衆文芸と封建制度」「封建遺産の大衆文芸」「無宿もの大衆文芸」「大衆文芸の史的評判」等を

含む。なお代表的論考は『田村栄太郎著作集』全七巻（雄山閣）に収められている。

6　浜尾四郎『浜尾四郎随筆集』　昭11　改造社

7　三田村鳶魚『時代小説評判記』　昭14　梧桐書院
『大衆文芸評判記』の姉妹篇。「大衆小説は此処へ」を附す。『三田村鳶魚全集』二七巻（中央公論社）にその代表的評論は収められている。

8　佐野孝『講談五百年』　昭18　鶴書房
唯一の講談通史として大衆文学論の基礎をさぐる上に役立つ。記述は主として関根黙庵『談談落語今昔譚』（大13）に負うところが多い。

9　邦枝完二『双竹亭随筆』　昭18　興亜書院

10　白井喬二『文学者の発言』　昭21　赤坂書房
「正道大衆文学観」（昭16）を含む。文化国家再建の道を具体的に説いたエッセイ集。「大衆文学こそは将来、必ず日本における最大の文学形式を構成する」という確信を読みとることができる。

11　村上元三『随筆・佐々木小次郎』　昭27　朝日出版社

12　江戸川乱歩『探偵小説三十年』　昭29　岩谷書店
乱歩の丹念な「切抜帖」は資料的宝庫といえる。この回想記はそれを基礎にしてまとめられた。自己中心の自伝的回顧がそのまま日本の探偵小説変遷史として通用するのは乱歩の占める位置が探偵文壇の水脈を構成するからであろう。のちに昭和九年いご三一年までを加筆して昭三六年に桃源社から『探偵小説四十年』が刊行されている。なお彼には随筆集『悪人志願』（昭4）『鬼の言葉』（昭11）『幻影の城主』（昭22）『随筆探偵小説』（昭22）『幻影城』（昭24）『わが夢と真実』（昭32）『乱歩随筆』（昭35）等があり、それぞれ興味深い。

13　毎日新聞学芸部編『歴史の人気者』　昭30　河出新書
奈良本辰也・林屋辰三郎ら五人の歴史学者の討論を学芸部でまとめた歴史のなかの英雄論。虚構の人物も含まれているところから大衆文学のヒーロー論としても読まれる。

14　笹本寅『中里介山』　昭31　河出書房
角川文庫版『大菩薩峠』の連続解説に加筆したものので、介山の人と作品を知るよき概説書。

15 長谷川伸『自伝随筆』 昭31 宝文館
昭和二六年に朝日新聞社から出版された『ある市井の徒』と「新コ半代記」を収めた自叙伝。著者には歴史随想風な著作が多いが『材料ぶくろ』（青蛙房）は作品研究に欠かせない。

16 藤直幹・原田伴彦編『歴史家のみた講談の主人公』 昭32 三一新書
一休・山中鹿之助・塚原卜伝・真田幸村・柳生一族・国定忠次ら講談の英雄一〇人を択び、その虚実をただした歴史読物。

17 足立巻一『忍術』 昭32 平凡社
忍術および講談本の研究家である著者が、忍術の実態を深くえぐった労作。石川五右衛門や猿飛佐助についてくわしく触れる。

18 吉川英治『忘れ残りの記』 昭32 文藝春秋新社
『文芸春秋』に連載した青年期に到る〈四半自叙伝〉。のちに角川文庫に収録された。

19 辻平一『文芸記者三十年』 昭32 毎日新聞社

20 吉川英治『俗つれづれ草』 昭33 凡書房
「僕の歴史小説観」を含む。吉川には他に『草思堂随筆』（昭10）『草辺雑稿』（昭14）『折々の記』（昭17）『南方紀行』（昭18）などの随筆・紀行文、創作余滴として『随筆宮本武蔵』『随筆新平家紀行』『随筆私本太平記』がある。

21 森秀人『反道徳的文学論』 昭34 三一新書

22 野村胡堂『胡堂百話』 昭34 角川書店
随想風な回顧談。「随筆・銭形平次誕生」（河出版『銭形平次捕物全集』二六巻に収む）などとともに人間胡堂を知る必読書。

23 池田蘭子『女紋』 昭35 河出書房新社
立川文庫関係者の自伝的小説。立川文庫誕生のいきさつを知ることができる。

24 中島河太郎『推理小説ノート』 昭35 現代教養文庫
「探偵小説辞典」で第一回乱歩賞を受賞した著者の研究には別に『日本推理小説史』があり、入門書には荒正人と共編の『推理小説への招待』もある。

25 松本清張『黒い手帖』 昭36 中央公論社
おりにふれて発表された随筆を集録。

26 山本周五郎『小説の効用』 昭37 法政大学出版部
随筆集。「大衆文学芸術論？」「『面白さ』の立場から」「歴史と文学」等を収む。新潮社より再刊。

27 講談社編『山手樹一郎全集記念文集』 昭37 講談社
『山手樹一郎全集』（全四〇巻）に附した月報を一冊に集めた記念文集。

28 石川弘義、宇治川誠『日本のホワイトカラー』 昭37 日本生産性本部
源氏鶏太論を含む。

29 刊行委員会編『わたしの吉川英治』 昭38 文藝春秋新社
書簡と追憶による追悼文集。近親者の追憶のほかに主治医の「病歴と解剖所見」「年譜」を附す。

30 子母沢寛『二丁目の角の物語』 昭38 文藝春秋新社
大正のはじめから震災にいたる著者の自伝的小説。虚構化された部分が多いが、子母沢寛の人と作品を知る上には見落せない。

31 佐々木邦『随筆人生エンマ帳』 昭38 東都書房

32 加太こうじ『国定忠次・猿飛佐助・鞍馬天狗』 昭39 三一書房

33 『角田喜久雄氏華甲記念文集』 昭41 同編集委員会

34 村上元三『四百字三十年』 昭41 番町書房

35 毎日新聞社学芸部編『私の小説作法』 昭41 雪華社

36 吉川文子編『吉川英治対話集』 昭42 講談社

37 木村久邇典『人間　山本周五郎』 昭43 講談社

38 加藤謙一『少年倶楽部時代――編集長の回想』 昭43 講談社

39 真鍋元之『正義の味方』 昭44 毎日新聞社

40 佐々木味津三遺作管理委員会編『落葉集――佐々木味津三遺文集』 昭44 佐々木克子

41 尾崎秀樹『ちゃんばら風土記』 昭45 名古屋放送

42 木村久邇典『素顔の山本周五郎』 昭45 新潮社

43 塚田裕三『林髞　木々高太郎追悼集』 昭45 慶応義塾大学医学部生理学教室

44 尾崎秀樹『新平家カメラ紀行』付・吉川英治「新平家今昔紀行」 昭46 講談社

45 山本周五郎『青べか日記――わが人生観』 昭46 大和書房

46 萱原宏一『私の大衆文壇史』 昭47 青蛙房

47 尾崎秀樹『点と線の歴史をゆく――私の大衆文学誌』 昭47 中央図書
48 横溝正史『探偵小説五十年』 昭47 講談社
49 清水きん『夫山本周五郎』 昭47 文化出版局
50 鷲尾洋三『忘れ得ぬ人々』 昭47 青蛙房
井上靖、大仏次郎、片岡鉄兵、菊池寛、獅子文六等を収録。
51 巌谷大四、尾崎秀樹、進藤純孝『文壇百人』 昭47 読売新聞社
52 大仏次郎『冬の花』愛蔵版別冊「大仏次郎・人と文学」 昭48 光風社書店
53 川口松太郎『人生悔いばかり』 昭48 講談社
54 現代日本文学アルバム・第11巻『山本周五郎』 昭48 学習研究社
55 木村久邇典『山本周五郎アルバム』 昭48 実業之日本社
56 木村久邇典『山本周五郎の浦安』 昭48 学芸書林
57 吉川文子編『吉川英治文学アルバム』 昭48 講談社
58 有竹修二『講談・伝統の話芸』 昭48 朝日新聞社
59 吉川英明『父吉川英治』 昭49 文化出版局
60 山本周五郎、木村久邇典編『定本山本周五郎全エッセイ』 昭49 中央大学出版部
61 村上元三『江戸雑記帳』 昭49 中央公論社
62 源氏鶏太『わが文壇的自叙伝』 昭50 集英社
63 木村久邇典『山本周五郎の須磨』 昭50 小峯書店
64 足立巻一、鶴見俊輔、多田道太郎、山田宗睦、山本明、清原康正『まげもののぞき眼鏡――大衆文学の世界』 昭51 河出書房新社
65 村上元三『歴史は生きている』 昭51 ゆまにて
66 巌谷大四『物語大正文壇史』 昭51 文藝春秋
67 和田芳恵『おもかげの人々――名作のモデルを訪ねて』 昭51 光風社書店
68 杉山龍丸『夢野久作の日記』 昭51 葦書房
69 杉山龍丸『わが父・夢野久作』 昭51 三一書房
70 小林信彦編『横溝正史読本』 昭51 角川書店
71 横溝正史『横溝正史の世界』 昭51 徳間書店
72 横溝正史『探偵小説五十年』 昭52 講談社
73 村上元三『史実と巷談』 昭52 東京書籍

74 尾崎秀樹・奥野健男『作家の表象』昭52 時事通信社

＊講座・辞典

1 橋篤郎編『総合ヂャーナリズム講座』昭5 内外社

2 日本文学講座14『大衆文学篇』昭8 改造社
直木三十五「大衆文学の本質」、木村毅「大衆文学発達史」、中村武羅夫「通俗小説研究」、加藤武雄「家庭小説研究」、水谷準「探偵小説研究」、大下宇陀児「科学小説研究」、延原謙「冒険小説研究」、山内秋生「少年文学研究」、長谷川伸「大衆文学と巷談」、大仏次郎「西洋小説と大衆文芸」、田中貢太郎「支那小説と大衆文学」、久保田万太郎「明治の人情噺と世話講談」、直木三十五「現代大衆作家論」、青野季吉「直木三十五論」、笹本寅「大仏次郎論」、蛯原八郎「明治以降新聞小説年表解題」、木村毅編「大衆文学名作解題百篇」。

3 『新文芸思想講座』全10巻 昭8 文藝春秋社
責任編集者・山本有三、菊池寛、久米正雄、大森義太郎、直木三十五。大仏次郎「現代物研究」、子母沢寛「幕末物研究」、吉川英治「時代物研究」、辰

野九紫「ユーモア文学論」、星野竜猪「最近欧米探偵小説」、菊池寛「連載小説論」、白井喬二「大衆作家の必読書」、長谷川伸「股旅物研究」、中谷博「大衆文芸本質論」等を収め、各巻に「大衆文芸常識辞典」を附す。

4 近代日本文学講座4『近代日本文学の思潮と流派(下)』 昭27 河出書房
小田切秀雄「通俗文学の問題」を収録。

5 藤村作編『日本文学大辞典』別巻 昭27 新潮社
山本健吉「昭和の大衆文学」を含む。

6 岩波講座・文学5『国民の文学(二)』近代II 昭29 岩波書店
杉浦明平「大衆文学」を収録。

7 近藤忠義(代表)『日本文学史辞典』 昭29 日本評論新社
新島繁「大衆文学」を含む。

8 日本文学講座3『日本の民衆文芸』 昭30 東大出版会
西郷信綱「民衆文芸の本質」、松島栄一「民衆演芸」等を含む。直接関係はないが、大衆文学を民族的な伝統に従って理解するのに便利。

9 岩波講座『日本文学史14〈近代IV〉』 昭34 岩波書店
荒正人「大衆文学史」を含む。

10 近代文学懇談会編『近代文学研究必携』 昭36 学燈社
竹盛天雄「大衆文学」を含む。

11 現代芸術4『マスコミのなかの芸術』 昭36 勁草書房
奥野健男・石川弘義「文学」、南博「大衆芸能のマス化」、早川和延「菊池寛論」を含む。なおこの講座には桑原武夫・多田道太郎・樋口謹一・黒田憲治ら〈大衆文化研究グループ〉による宮本武蔵研究「小説の読者」や、鶴見俊輔「『鞍馬天狗』の進化」がある。

12 真鍋元之編『大衆文学事典』 昭42 青蛙房

13 全国大学国語国文学全監修『講座　日本文学――近代編III』 昭44 三省堂
尾崎秀樹「大衆文学」を収録。

14 『講座・日本文学の争点6　現代編』 昭44 明治書院

浅井清「大衆文学の生成と展開——中里介山と吉川英治」を収録。

15 長谷川泉編『文壇史事典』 昭47 至文堂

16 大久保典夫・吉田凞生『現代作家辞典』 昭48 東京堂出版

17 「国文学・解釈と鑑賞——直木賞事典」 昭52 至文堂

18 「国文学・解釈と鑑賞——新聞小説事典」 昭52 至文堂

19 中島河太郎編『現代推理小説大系別巻2』 昭55 講談社
推理小説評論、推理小説通史、推理小説事典、推理小説年表を収録。

20 和田芳恵・中島河太郎・尾崎秀樹編集『大衆文学大系別巻』 昭50 講談社
通史、年表、雑誌総目次、参考文献などを収録。

＊ 雑誌特集

1 〈大衆文芸研究・大衆文芸論〉 大15・7月『中央公論』
日夏耿之介「明治煽情小説概論」、千葉亀雄「大衆文芸の本質」、伊原青々園「明治の新聞小説」、菊池寛「大衆文芸と新聞小説」、村松梢風「大衆文芸家総評」、本間久雄「我国における民衆文学の過去と将来」、近藤経一「文芸的作品の映画化」、水島爾保布「挿画についての漫談」、馬場孤蝶「大衆文芸に表はれたる国民性」、佐藤春夫「大衆文芸私見」、小川未明「大衆文学の地位と特色」、田中貢太郎「手前味噌」、正宗白鳥「民衆芸術雑言」、藤井真澄「大衆文芸に対する不満と希望」、直木三十五「大衆文芸分類法」、宇野浩二「大衆文芸について」、白井喬二「大衆文芸と現実暴露の歓喜」、白柳秀湖「暫く僕を語るを許せ」、里見弴「力一ぱいの仕事をすること」、平林初之輔「大衆文芸のレーゾンデートル」、江戸川乱歩「発生上の意義丈けを」、芥川竜之介「亦一説？」

2 〈机竜之助の人間的興味〉 昭3・3月『中央公論』

田中智学「大菩薩峠の人物」、大宅壮一「幾何学線上の乱舞者」、村松梢風「自然児机竜之助」、沢田正二郎「舞台上の愛人『竜之助』」、守田勘弥「竜之助断片」

3 〈直木三十五追悼号〉 昭9・4月『文藝春秋』

植村木ノ実「思ひ出したままに」、植村清二「兄の追憶」、柴豪雄「病床誌」、谷崎潤一郎「追悼の辞に代えて」、菊池寛「碁の手直り表」、青野季吉「直木の早稲田時代」、「直木三十五を偲ぶ座談会」、「霊に捧ぐ文芸作品」、「略伝・著作年譜」

4 〈松崎天民追悼号〉 昭9・9月『食道楽』

島中雄作「弔辞」、長谷川伸、「天民遺児」本山荻舟「天民郷土愛」のほか二十九氏による追悼文を掲載。

5 〈伊藤痴遊追悼文集〉 昭13・11月『痴遊雑誌』

土師清二、北林透馬、木村錦花ほか百数十人の追悼文を収録。『痴遊雑誌』はこの号をもって終刊となった。

6 〈新聞小説〉 昭29・6月『文学』

荒正人「新聞小説の本質」、松島栄一「現代新聞小説論」、平井徳志「新聞小説の社会学的考察」、河盛好蔵「新聞小説論」、玉井乾介「新聞小説史」、石坂洋次郎「新聞小説について」、富田常雄「新聞小説について」、貴司山治「私の新聞小説」、石井鶴三「挿絵画家としての思い出」、獅子文六「新聞小説私観」、村上元三「新聞小説について」、中野好夫・赤沢正二・山口久吉・沢野久吉「新聞小説と新聞(座)」

7 〈文学と人生〉 昭29・10月『思想の科学』

竹内好「吉川英治論」、梅棹忠夫ほか「宮本武蔵」、大野力「君の名は」、藤井薫「三等重役」

8 〈大菩薩峠読本〉 昭31・4月『文芸―増刊』

白井喬二「国民文学論」、瀬沼茂樹「介山文学の倫理」、平野謙「机竜之助の魅力」、中谷博「中里介山文芸作品案内記」、海音寺潮五郎「剣の文学」、中山義秀「無明の世界」、小松伸六「机竜之介の系譜」、高橋磌一「歴史学者の見た『大菩薩峠』」、佐藤忠男「心理学者の見た『大菩薩峠』」、吉田精一「国文学

者の見た『大菩薩峠』」、円地文子「女流作家の見た『大菩薩峠』」、福田清人「『大菩薩峠』文学紀行」、神保明世「大菩薩峠絵地図」、三宅周太郎「劇『大菩薩峠』の系譜」、三村伸太郎「二十年前の思い出」、小山清「西隣塾記抄」、高野孤雁「介山先生の追憶」、奥野信太郎「漂泊者文学の流れ」、北原謙司「白骨温泉と介山」、木村毅「介山との交友記」、添田知道「大菩薩峠の舞台」、笹本寅「小説大菩薩峠の建碑」のほかに武田泰淳・埴谷雄高・荒正人・大井広介らによる座談会、稲垣浩・早川雪州・辰巳柳太郎らの座談会、中里幸作・笹本寅の対談、年譜等を収録。別に一〇数篇のアンコールものを含む。なお臨時増刊のほかに『文芸』は特集形式で「日本美女読本」「名人捕物帳全集」「名試合名勝負読本」「元禄風雲録」「名将剣豪読本」「剣侠小説名作全集」「新春落語講談名作全集」などを発行しているが再録が多く評論にも特別なものはない。大井広介「左平次捕物帳」、花田清輝「捕物帳を愛するゆえん」、荒正人「名探偵人物論」、野村胡堂「平次身の上話」、海音寺潮五郎「戦国の英雄ども」、村雨退二郎「寛永御前試合の真相」、南条範夫「遊侠の徒の社会的背景」、今官一「日本の『西部劇』」、和田芳恵「やくざ小説の系譜」、遠藤周作「吉良家を探ったスパイたち」などがある。『別冊宝石』の〈現代推理作家シリーズ〉、『傑作小説』の〈小説読本〉もこの形式に近い。

9 〈大衆文学〉　昭32・12月『文学』

中村光夫「中間小説論」、佐々木基一「大衆芸術の新しい形式」、長谷川竜生「大衆文学の構造」、浜田泰三「時代小説試論」、中谷博「大衆文芸の展開とその発展」、瀬沼茂樹「家庭小説の展開」、中島河太郎「探偵小説の展開」、荒正人「『新・平家物語』について」、花田清輝「『石中先生行状記』について」、村松剛「井上靖の時代小説」、遠藤周作「眠狂四郎の面白さ」、鹿島孝二「私の立場」、大林清「大衆文学の実体」、北条誠「大衆文学の現状と意義」、真鍋元之「大衆文学の動向とその問題点」、社会心理研究所「大衆文学の読まれ方」

10 〈大衆の文化を創るもの〉 昭34・10月『思想の科学』
掛川とみ子「野間清治と講談社文化(上)」、足立巻一「立川文庫の誕生」、村上信彦「虚像と実像・村上浪六」、神島二郎「庶民の中の英雄」、加太こうじ「大道の芸術・紙芝居」、黒川てるゆき「児童文学への新しい提案」、佐藤忠男「斬られ方の美学」、多田道太郎「Not Guilty にあらず」

11 〈大衆文学〉 昭35・7月『文学』
小松伸六「大仏次郎論」、杉浦明平「吉川英治、その文学的でないもの」、尾崎秀樹「底辺の文学史ノート」、柳田泉・勝本清一郎・木村毅・猪野謙二「明治の大衆文学(座)」

12 〈大衆芸能〉 昭35・12月『文学』
西山松之助「大衆芸能における近世から近代への推転」、長谷川竜生「泣きと笑いを支えるもの」、木島始「前時代の大衆的なもの」、尾崎秀樹「戦後における浪曲論争」、比留間尚「成立期における落語の社会的基礎」ほか。

13 〈日本の推理・探偵小説〉 昭36・4月『文学』
瀬沼茂樹「黒岩涙香」、村松剛「松本清張と探偵小説」、松本清張「推理小説宣言」、中田耕治「諸外国の推理小説と日本の場合」、佐野洋「探偵小説の評価基準」、高木彬光「推理小説の構成」、水上勉「私の立場」、尾崎秀樹「大衆文芸—第一次」

14 〈大衆芸術〉 昭36・12月『思想の科学』
大衆芸術研究会選「大衆芸術名作百選」、鶴見俊輔「漫才について」、小川春香「八方破れの叙事詩・浪曲」、邑井操「自伝的講談論」、加太こうじ「九千万人の絵画」、森秀人「幇間の意地と精神」、酒井密男「吉川英治さんの小説の悲しみ」、関根弘・高倉テル・手塚治虫・槇村治吉・佐藤忠男「大衆芸術とは何か(座)」

15 〈大衆文学の問題〉 昭37・6月『日本文学』
尾崎秀樹「告白体の大衆文学論」、平島成夫「『大菩薩峠』をめぐるいくつかの問題」、上笙一郎「白柳秀湖についての一考察」、榎本滋民「明治の速記本」、榎本隆司「文芸懇話会と大衆作家の動き」、田村栄太郎「歴史と大衆文学」、日沼倫太郎「井上靖の反復想像力」

16 〈日本の推理小説〉　昭37・10月『思想の科学』
沢田允茂「推理小説と論理的思考」、水沢周・松本清張・高木彬光「推理小説の作者と読者（座）」、加太こうじ「岡本綺堂の『半七捕物帳』をほめる」、鶴見俊輔「ドグラ・マグラの世界」、森秀人「松本清張と幽玄の伝統」

17 〈吉川英治文学の研究〉　昭38・1月『大衆文学研究』
日沼倫太郎「吉川英治の世界」、小川徹「なぜ宮本武蔵は書かれたか」、上笙一郎「吉川英治の少年小説」、真鍋元之「弁解的・序論的」、田野辺薫「吉川英治の現代小説」、尾崎秀樹「講談倶楽部と吉川英治」、杉浦明平・松島栄一・益田勝実「吉川文学の問題点(座)」、徳川夢声ほか二〇氏「追悼・吉川英治」。この雑誌は第三号で〈世界の大衆小説〉、第四号で〈現代作家論〉、第五号で〈マスコミ児童文学の英雄像〉、第七号で〈大衆文化の諸問題〉、第八号で〈時代小説の周辺〉を特集している。

18 〈長谷川伸先生追悼号〉　昭38・8月『大衆文芸』
長谷川伸「生と死」、伊東昌輝「〃聖路加日記抄」、二十六日会・新鷹会「鶴よし目録」ほか六〇数氏の追悼文を収む。

19 〈時代小説の周辺〉　昭38・10月『大衆文学研究』

20 〈やぶにらみ文化〉　昭39・5月『大衆文学研究』

21 〈大衆文学研究〉　昭39・9月『本の手帖』

22 〈夢野久作研究号〉　昭39・10月『みすてりい』

23 〈大衆文学のすべて〉　昭40・1月臨増号『国文学　解釈と教材の研究』

24 〈江戸川乱歩研究〉　昭40・12月『大衆文学研究』

25 〈歴史文学の系譜〉　昭41・2月『国文学　解釈と教材の研究』

26 〈現代作家論〉　昭41・3月『大衆文学研究』

27 〈大衆文学研究と尾崎秀樹〉　昭41・7月『大衆文学研究』

28 〈百万人の文学〉　昭41・11月臨増号『国文学・解釈と鑑賞』

29 〈挿絵史の問題点〉　昭42・1月『大衆文学研究』

30 〈山本周五郎〉　昭42・9月『大衆文学研究』

31 〈正岡容〉　昭42・12月『大衆文学研究』

32 〈山手樹一郎〉　昭44・6月『大衆文学研究』

33 〈近代の歴史小説〉　昭45・4月『国文学・解釈と鑑賞』
34 〈吉川英治・宮本武蔵〉　昭48・4月『太陽』
35 〈もう一つのイデオローグ〉　昭49・2月『現代の眼』
36 〈さしえの黄金時代〉　昭49・8月『芸術生活』
37 〈さしえ・マンガに見る昭和五十年〉　昭49・10月『アサヒグラフ』
38 〈日本のSF〉　昭50・2月『幻影城』
39 〈井上靖――歴史とロマン〉　昭50・2月『国文学　解釈と教材の研究』
40 〈冒険ロマン〉　昭50・3月『幻影城』
41 〈ミステリーとSFの世界〉　昭50・3月臨増号『国文学　解釈と教材の研究』
42 〈江戸川乱歩の世界〉　昭50・7月『幻影城』増刊
43 〈怪奇ロマン〉　昭50・8月『幻影城』
44 〈山本周五郎〉　昭50・9月『幻影城』
45 〈久生十蘭〉　昭50・11月『幻影城』
46 〈横溝正史〉　昭51・1月『幻影城』
47 〈横溝正史の世界〉　昭51・5月『幻影城』増刊
48 〈大衆文学――時代小説への新視点〉　昭51・5月『本の本』
49 〈歴史・時代小説の現在〉　昭54・3月『国文学・解釈と鑑賞』

＊　社史そのほか

1　『講談社の歩んだ五十年』（明治・大正編、昭和編）　昭34　講談社

数多い社史のうち大衆文学に密接な関係をもつ講談社の歴史は、大衆娯楽誌・大衆文学の変遷をたどるうえで役立つ。編纂に参与した木村毅はとくに「大衆文学の発達と講談社の貢献」と題した章を設けて述べている。なお『新潮社四十年』（昭11）、『博文館五十年史』（昭12）、『回顧五十年』『中央公論社七十年史』（昭10・昭30）、『文芸春秋三十五年史稿』（昭34）がある。新聞社史は、あまり新聞小説について触れていない。『毎日新聞七十年』（昭27）に一覧がのっている程度。『朝日新聞七十年小史』（昭24）、『読売新聞八十年史』ほか。

2　辻平一『人間野間清治』　昭38　講談社

野間清治『私の半生』および中村孝也『野間清治伝』を踏まえて、社史編集にタッチした著者が編んだもの。類書には村松梢風『佐藤義亮伝』（昭28）。

3　岡野他家夫『日本出版文化史』　昭34　春歩堂

新書版『出版文化史』（室町書房）の一冊本。

4　『文藝春秋三十五年史稿』　昭34　文藝春秋社

5　瀬沼茂樹『本の百年――ベストセラーの今昔』　昭40　出版ニュース社

6　『読者とともに二十年――平凡出版株式会社小史』　昭40　平凡出版株式会社

7　『新潮社七十年』　昭41　新潮社

8　『主婦の友社五十年』　昭42　主婦の友社

9　野村尚吾『週刊誌五十年――サンデー毎日の歩み』　昭48　毎日新聞社

10　尾崎秀樹編『平凡社六十年史』　昭49　平凡社

11　百目鬼恭三郎編『新潮社八十年小史』　昭51　新潮社

12　『新潮社八十年図書総目録』　昭51　新潮社

13　八木昇『大衆文芸図誌』　昭52　新人物往来社

14　『昭和の大衆文化――昭和日本史Ⅱ』　昭52　暁教育図書

＊全集

1 『読物文芸叢書』⑬　大13 春陽堂

2 『創作探偵小説集』⑥　大14 春陽堂

3 『現代大衆文学全集』正㊵続⑳　昭2 平凡社

1白井喬二「新撰組」、2江見水蔭「初鰹献上記」、3江戸川乱歩「二銭銅貨」、4正木不如丘「木賊の秋」、5前田曙山「落花の舞」、6国枝史郎「蔦葛木曽桟」、7小酒井不木「疑問の黒枠」、8長谷川伸「敵討槍諸共」、9吉川英治「鳴門秘帖」、10矢田挿雲「沢村田之助」、11岡本綺堂「半七捕物帳」、12甲賀三郎「支倉事件」、13松田竹の島人「黒駒の勝蔵」、14同上、15松本泰「欺くべからず」、16下村悦夫「悲願千人斬」、17本山荻舟「近世数奇伝」、18村上浪六「馬鹿野郎」、19白井喬二「兵学大講義」、20白柳秀湖「坂本竜馬」、21沢田撫松「人獣争闘」、22平山芦江「唐人船」、23本田美禅「御洒落狂女」、24本田美禅「八百屋の娘」、25伊原青々園「仮名屋小梅」、26土師清二「伝奇紫盗陣」、27高桑義生「怪俠七人組」、28行友李風「修羅八荒」、29大仏次郎「鞍馬天狗余燼」、30前田曙山「燃ゆる渦巻」、31直木三十五「相馬の仇討」、32三上於菟吉「鴛鴦呪文」、33国枝史郎「染吉の朱盆」、34村松梢風「正伝清水次郎長」、35新進作家集「釘抜藤吉捕物覚書」、36矢田挿雲「江戸から東京へ」、37吉川英治「神変麝香猫」、38土師清二「砂絵呪縛」、39大仏次郎「照る日くもる日」、40三上於菟吉「妖日山海伝」。(続)——1林不忘「大岡政談」、2佐々木味津三「右門捕物帖」、3白井喬二「神変呉越双紙」、4大下宇陀児「蛭川博士」、5平山芦江「西南戦争」、6三上於菟吉「淀君」、7行友李風「巷説化鳥地獄」、8直木三十五「踊子行状記」、9土師清二「血ろくろ伝奇」、10吉川英治「江戸三国志」、11長谷川伸「沓掛時次郎」、12前田曙山「勤王女仙伝」、13国枝史郎「剣俠受難」、14大仏次郎「からす組」、15野村胡堂「身代り紋三」、16本田美禅「続お洒落狂女」、17生田蝶介「島原大秘録」、18保篠竜猪・浜尾四郎・横溝正史「新撰探偵小説集」、19村松梢風・潮山長三「現代俠客伝」、

20 江戸川乱歩「黄金仮面」
4 『現代長篇小説全集』㉔ 昭3 新潮社
5 『現代ユーモア全集』㉔ 昭3 小学館
6 『日本探偵小説全集』⑳ 昭4 改造社
7 『先進社大衆文庫』⑪ 昭5 先進社
8 『新潮社長篇文庫』㉑ 昭7 新潮社
9 『新作探偵小説全集』⑩ 昭7 新潮社
10 『新選大衆小説全集』㉔ 昭8 非凡閣
11 『昭和長篇小説全集』⑯ 昭9 新潮社
12 『大悲劇名作全集』⑧ 昭9 中央公論社
13 『維新歴史小説全集』⑫ 昭9 改造社
14 『新鋭大衆小説全集』⑯ 昭11 アトリエ社
15 『現代日本小説全集』㉖ 昭11 アトリエ社
16 『新作大衆小説全集』㉕ 昭14 非凡閣
17 『現代長篇小説全集』⑬ 昭24 春陽堂
18 『現代大衆文学全集』⑮ 昭24 春陽堂
19 『長篇小説名作全集』㉑ 昭25 講談社
20 『傑作長篇小説全集』㉒ 昭26 講談社
21 『評判小説全集』⑫ 昭26 講談社
22 『時代小説新作全集』 昭27 文芸図書出版社
23 『日本探偵小説全集』⑯ 昭28 春陽堂
24 『現代ユーモア文学全集』㉑ 昭28 駿河台書房
25 『時代小説名作全集』㉕ 昭28 同光社磯部書房
26 『ユーモア小説傑作選集』⑦ 昭28 白燈社
27 『長篇小説全集』⑲ 昭28 新潮社
28 『現代長篇名作全集』⑰ 昭28 講談社
29 『大衆文学代表作全集』㉔ 昭29 河出書房
30 『新撰大衆小説全集』⑮ 昭29 桃源社
31 『長篇時代小説全集』⑮ 昭30 同光社
32 『昭和大衆文学全集』⑯ 昭30 桃源社
33 『新編大衆文学名作全集』⑪ 昭30 河出書房
34 『探偵小説名作全集』⑫ 昭31 河出書房
35 『日本探偵小説代表作集』⑥ 昭31 小山書店
36 『長篇探偵小説全集』⑭ 昭31 春陽堂
37 『新篇現代日本文学全集』㊿ 昭32 東方社
38 『文芸推理小説選集』⑤ 昭32 文芸評論社
39 『時代小説大作全集』⑳ 昭33 六興出版部
40 『現代長篇小説全集』(53) 昭33 講談社

41 『日本推理小説大系』⑯ 昭35 東都書房
42 『長篇小説全集』㊱ 昭36 講談社
43 『時代小説全集』㉑ 昭38 双葉社
44 『少年倶楽部名作選』③ 昭41 講談社
45 『カラー版国民の文学』㉖ 昭42 河出書房新社
46 『時代推理小説選集』⑫ 昭43 秋田書店
47 『歴史文学全集』⑦ 昭43 人物往来社
48 『日本伝奇大ロマンシリーズ』⑬ 昭44 立風書房
49 『カラー版日本伝奇名作全集』⑮ 昭44 番町書房
50 『大衆文学大系』㉚別巻① 昭46 講談社
51 『定本講談名作全集』⑦別① 昭46 講談社
52 『現代推理小説大系』⑱別② 昭47 講談社
53 『新青年傑作選』⑤ 昭49 立風書房
54 『立川文庫——復刻傑作選』⑳別① 昭49 講談社

＊ 個人全集（○内の数字は巻数を示す）

1 『武士道小説叢書』（渡辺霞亭）⑥ 明41 隆文館
2 『春浪快著集』④ 大5 大倉書店
3 『涙香全集』⑨ 大8 春陽堂
4 『春葉全集』⑥ 大8 金尾文淵堂
5 『曽我廼家五郎喜劇全集』⑳ 大11 大鐙閣
のちにアルスから⑪巻ものでも出ている。
6 『幽芳全集』⑮ 大13 国民図書株式会社
7 『円朝全集』⑬ 大15 春陽堂
鈴木行三の校訂。世界文庫版の⑭巻本は春陽堂版の完全な複刻で、第14巻にはとくに円朝関係の文献等を収む。ほかに小山書店版、世界文庫版があり、決定版として⑦別①の角川書店版全集がある。
8 『浪六全集』㊺ 昭2 玉井清文堂
村上浪六の全集はほかに至誠堂版の㉔巻全集（大3）および㉖巻全集（大12）があるが、この玉井清文堂版が一番多く収録している。
9 『他見男さんユウモア全集』⑳ 昭3 玉井清文堂

10 『菊池寛全集』⑫ 昭4 平凡社
菊池寛にはほかに『続菊池寛全集』（平凡社・昭8）の⑩巻本、『菊池寛全集』（中央公論社・昭12）の⑮巻本、『菊池寛全集』（文藝春秋新社・昭35）の⑩巻本計四種類の全集がある。

11 『伊藤痴遊全集』正⑱続⑫ 昭4 平凡社
のちに『近世二十傑』（⑩）として昭和一一年にその一部が再刊された。

12 『小酒井不木全集』⑰ 昭4 改造社

13 『一平全集』⑮ 昭4 先進社

14 『碧瑠璃園全集』⑰ 昭4 同刊行会
渡辺霞亭には『傑作叢書』が別に二種ある。（霞亭会刊および大鐙閣刊）。

15 『国史挿話全集』⑩ 昭4 万里閣
白井喬二独力の労作。

16 『久米正雄全集』⑬ 昭5 平凡社

17 『長篇三人全集』㉚ 昭5 新潮社
中村武羅夫・加藤武雄・三上於菟吉の通俗長篇（未刊分）を集めたもの。

18 『桜井忠温全集』⑦ 昭5 誠文堂

19 『楽天全集』⑨ 昭5 アトリエ社

20 『白井喬二全集』⑮ 昭6 平凡社
越後『定本白井喬二全集』⑯が学芸書林から出た。

21 『江戸川乱歩全集』⑬ 昭6 平凡社
乱歩にはほかに随筆や翻訳を除いた⑫巻本の『傑作選集』（平凡社）、⑩巻本の『選集』（新潮社）、⑱巻本の『全集』（桃源社）、⑮巻本の『全集』（講談社）、⑳巻本の『乱歩シリーズ』（同上）、⑳巻本の『長篇全集』（春陽堂書店）、㉕巻本の『全集』（講談社）などがある。

22 『吉田絃二郎全集』⑱ 昭6 新潮社

23 『佐々木邦全集』⑩ 昭6 講談社
戦後は講談社から⑩巻（補巻5）の決定版全集が出た。

24 『吉川英治全集』⑱ 昭6 平凡社
講談社版全集㊽別⑤補③につづいて『吉川英治文庫』(161)が出、さらに愛蔵決定版として同社から(53)を刊行中である。

25 『直木三十五全集』⑫　昭8　改造社

書下しだけの全集である。

26 『一人三人全集』⑯　昭8　新潮社

牧逸馬・林不忘・谷譲次の筆名をもつ著者の現代・時代・めりけんもの全集。戦後、河出書房新社から⑥巻の全集が出た。

27 『直木三十五全集』㉑　昭9　改造社

没後新たに編纂された全集。

28 『佐々木味津三全集』⑫　昭9　平凡社

29 『吉屋信子全集』⑫　昭10　新潮社

昭和一三年には⑩巻『選集』が同社から出版され、戦後は向日書館版も出た。決定版には朝日新聞社の⑫巻全集がある。

30 『名作挿画全集』⑫　昭10　平凡社

戦後の企画として『名作挿絵全集』⑩がある。

31 『三上於菟吉全集』⑫　昭10　平凡社

32 『長田幹彦全集』⑯　昭11　非凡閣

33 『夢野久作全集』③　昭11　黒白書房

全⑩巻のうち4・6・8のみ刊行して中絶した。戦後七巻本の『全集』(三一書房)、五巻本の『傑作選』(社会思想社)。

34 『佐藤紅緑全集』⑰　昭11　アトリエ社

35 『片岡鉄兵傑作全集』⑧　昭11　非凡閣

36 『林芙美子長篇小説集』⑧　昭13　中央公論社

㉔巻の全集は昭和二六年に新潮社から出ている。

37 『甲賀三郎・大下宇陀児・木々高太郎傑作選集』㉑　昭13　春秋社

38 『真山青果全集』⑮　昭13　講談社

戦後、⑱補⑤の全集が同社から出た。

39 『尾崎士郎選集』⑫　昭16　平凡社

戦後⑫の決定版全集が講談社から出た。

40 『甲賀三郎全集』⑩　昭22　湊書房

41 『織田作之助選集』⑤　昭23　中央公論社

ほかに⑧巻の講談社版全集がある。

42 『大仏次郎作品集』⑦　昭26　文藝春秋社

ほかに『鞍馬天狗』(新編決定版)⑩(中央公論社)、『大仏次郎・時代小説自選集』⑮(読売新聞社)、

『大仏次郎自選集現代小説』⑤（朝日新聞社）、『大仏次郎随筆全集』③（同）、『大仏次郎時代小説全集』㉒（同）、『大仏次郎戯曲全集』①（同）がある。

43 『村上元三文庫』⑨ 昭29 講談社
ほかに九段書房版『村上元三自選作品集』（全三巻）がある。

44 『丹羽文雄作品集』⑧ 昭31 角川書店
戦前⑦巻本の『選集』が竹村書房から出た。改造社版もある。決定版としては『丹羽文雄文学全集』㉘が講談社から出ている。

45 『源氏鶏太作品集』⑫ 昭32 新潮社
ほかに『源氏鶏太青春小説選集』（桃源社刊・⑩）、『自選作品集』（講談社・⑩）、『源氏鶏太全集』（講談社・㊸）、『自選作品集』（同上・⑳）がある。

46 『富田常雄全集』⑮ 昭33 東京文芸社

47 『獅子文六作品集』⑫ 昭33 角川書店
ほかに『作品集』⑤が文藝春秋社から刊行されており、決定版としては⑯別①の朝日新聞社版の全集がある。

48 『山手樹一郎全集』㊵ 昭35 講談社
決定版として『山手樹一郎長篇時代小説全集』(82)（春陽文庫）がある。

49 『井上靖文庫』㉖ 昭35 新潮社
ほかに三笠書房版⑧講談社版⑤の『作品集』、新潮社版『小説全集』㉜がある。

50 『柴田錬三郎全集』⑮ 昭36 光風社
ほかに新潮社版『時代小説全集』㉖、集英社版『自選時代小説全集』㉚がある。

51 『子母沢寛全集』⑩ 昭37 中央公論社
ほかに講談社版全集㉕がある。

52 『山本周五郎全集』⑧ 昭38 講談社
ほかに『山本周五郎小説全集』㉝（新潮社）がある。

53 『戸川幸夫動物文学全集』⑩ 昭40 冬樹社
ほかに講談社版⑮もある。

54 『川口松太郎全集』⑯ 昭42 講談社

55 『小島政二郎全集』⑫ 昭42 鶴書房

56 『正木不如丘作品集』⑦ 昭42 正木不如丘刊行会

57　『黒岩重吾全集』⑱　昭42　講談社
ほかに光文社『長篇小説全集』⑳がある。
58　『水上勉選集』⑥　昭43　新潮社
ほかに『全集』㉒（中央公論社）がある。
59　『海音寺潮五郎全集』　昭44　朝日新聞社
60　『木々高太郎全集』⑥　昭45　朝日新聞社
61　『角田喜久雄全集』⑬　昭45　講談社
62　『中里介山全集』㉑　昭45　筑摩書房
63　『久生十蘭全集』⑦　昭45　三一書房
ほかに『傑作選』⑤（社会思想社）がある。
64　『横溝正史全集』⑩　昭45　講談社
ほかに『定本人形佐七捕物帳全集』⑧（講談社）、『新版全集』⑱（同）、『文庫』52（角川書店）がある。
65　『長谷川伸全集』⑯　昭46　朝日新聞社
66　『松本清張全集』㊳　昭46　文藝春秋
67　『司馬遼太郎全集』㉜　昭46　文藝春秋
68　『山田風太郎全集』⑯　昭46　講談社
69　『五木寛之作品集』㉔　昭47　文藝春秋
ほかに『小説全集』㊱別①『エッセイ集』⑫（講談社）がある。
70　『高木彬光長篇小説全集』⑯　昭47　光文社
71　『新田次郎全集』㉒　昭49　新潮社
72　『星新一の作品集』⑱　昭49　新潮社
73　『小栗虫太郎傑作選』⑤　昭51　社会思想社
74　『国枝史郎伝奇文庫』㉘　昭51　講談社
75　『正岡容集覧』①　昭51　仮面社
76　『池波正太郎作品集』⑩　昭51　朝日新聞社
77　『橘外男傑作選』③　昭52　社会思想社
78　『渡辺淳一作品集』㉓　昭55　文藝春秋
79　『城山三郎全集』⑭　昭55　新潮社

（昭和五十五年八月三十日現在）

■著者　尾《お》崎《ざき》　秀《はつ》　樹《き》

1928年台北市に生まれる。台北大学医学専門部中退。大衆文学研究会を設立。元日本ペンクラブ会長。1999年没。
主な著書：『生きているユダ』（角川文庫）、『ゾルゲ事件』（中公文庫）、『大衆文学論』（勁草書房）、『大衆文学の歴史』（講談社）その他（巻末の「文献」をも参照）。

大　衆　文　学

〈初版・紀伊國屋新書〉
1964年4月30日　第1刷発行©
〈復刻版〉
2007年6月15日　第1刷発行©

発行所　株式会社　紀伊國屋書店
東京都新宿区新宿3－17－7

出版部（編集）　電話　03(5469)5919
〒150－8513
東京都渋谷区東3－13－11

ホールセール部（営業）
電話　044(874)9657
〒213－8506
神奈川県川崎市高津区
久本3－5－7新溝ノ口ビル

ISBN978-4-314-01030-6 C0095
Printed in Japan
定価は外装に表示してあります

印刷　平河工業社
製本　三　水　舎

紀伊國屋書店

釋　迢空
〈精選復刻　紀伊國屋新書〉
岩田　正
国文学者・民俗学者として著名な釋迢空・折口信夫の生涯を、歌人としての業績を中心にとらえ、その作品の本質と人間像に鋭く迫る力作。
四六判／240頁・定価1835円

日本の象徴詩人
〈精選復刻　紀伊國屋新書〉
窪田般彌
上田敏から小林秀雄まで9人の詩人を取り上げて、彼らが詩と詩論の中にどのように西欧の詩精神を受け入れ、また骨肉化したかを追求する。
四六判／210頁・定価1835円

中原中也の世界
〈精選復刻　紀伊國屋新書〉
北川　透
鋭敏な言語感覚を有し、不幸の影を漂わす中也の詩作から、近代詩人の宿命的な危機を著者自身の中也体験を通して浮き彫りにする。
四六判／216頁・定価1835円

竹久夢二　夢と郷愁の詩人
〈精選復刻　紀伊國屋新書〉
秋山　清
夢二の耽美な詩と絵が人々を引き付ける秘密を、単なる懐古趣味と見ることなく、大正という時代の現実の中に探る異色の詩人論。
四六判／200頁・定価1835円

上田秋成
〈精選復刻　紀伊國屋新書〉
森田喜郎
『雨月』『春雨』等の諸作品の克明な分析を通して、近世文学の巨匠上田秋成の文学観と人間観を浮き彫りにする気鋭の野心作。詳細な年譜付。
四六判／232頁・定価1835円

〈悪女〉論
田中貴子
新進気鋭の国文学者が日本中世の悪女伝説をとりあげ、〈悪女〉が作りあげられる過程のなかに、男たちの権力的なまなざしを読み解く。
四六判／232頁・定価1835円

表示価は税込みです